TAKE
SHOBO

皇帝陛下のスキャンダル☆ベイビー

逃亡するはずが甘く捕まえられました♡

藍杜 雫

Illustration
天路ゆうつづ

蜜猫
MitsuNeko

contents

イラスト／天路ゆうつづ

皇帝陛下のスキャンダルベイビー

逃亡するはずが甘く捕まえられました♡

プロローグ　狼《おおかみ》を部屋に入れてしまったのは誰？

ルイスの人生が激変するほどの困惑は、いつもこの男のせいでやってくる。

ジェラルド・ナイジェル・ロックウェル＝グロー。

我がフレイムランス帝国の若き皇帝だ。正確にはこれから即位する。ただ、即位式がまだというだけで、帝国は実質的に彼の手に委ねられていた。

「ルイス……結婚したのか？　その子はおまえの子か？」

唐突に現れたジェラルドに問われて、なんて答えたものか言葉に詰まる。

（ああ……どうしてこうこの男は……わたしの人生をめちゃくちゃに乱してくれるの……）

恨みがましい気持ちとそれでも再会できてうれしい気持ちとが、複雑に混ざり合ってルイスに襲ってくる。

——あの夜もそうだった。

忘れもしない。ルイスが子どもを身ごもるきっかけとなった夜もルイスはジェラルドにひどく困惑させられていたのだ。

――二年ほど前。

深夜の鐘の音が高く低く響く時刻のことだ。

今日の鐘楼《しょうろう》の当番は誰だっただろうか、なんて考えながら寝巻に着替えるのに悪戦苦闘しているところで、忙しく扉を叩《たた》かれたのだ。

「ルイス、ルイス！　開けてくれ！　おい、早く……！」

暖炉に火を入れたばかりで、まだ暖まりきっていないというのにと、ため息を吐きながら、扉の鍵を開けてやった。低く抑えていても、よく聞き知った声だ。訪ねてきたのが誰かは顔を見る前にわかっていた。

「あのねぇ、ジェラルド、人の部屋に入れてほしいなら、もっと静かに戸を叩いてくれませんか……わわっ」

背の高い男はルイスが扉を開けるなり入ってきて、後ろ手に慌ててまた鍵をかけた。

他人の部屋だというのに、見なくても鍵の位置を把握しているようだ。ルイスとしては複雑な気分だが、その闖入者《ちんにゅうしゃ》がこの部屋にやってきたのは初めてではないから仕方ない。

最初は、家人の使いから逃げるために一晩空きベッドを貸せなどという勝手な理由で押しこまれた。朝になれば、普通に出ていって騎士団の任務をこなしていたから、問題を公《おおやけ》にまではしていない。勝手な闖入者とはいえ、ジェラルドとは友だちと言えるくらいには親しかったからだ。

ふたり部屋をひとりで使っているせいで、ルイスの部屋のベッドは常にひとつ空いている。初めは余分な毛布などなくて、寒いと苦情を言われたが、いつのまにか自分用の上掛けを持ちこまれていた。

ルイスが使っているのより上等の羽布団で、普段はルイスが使ってもいいと言われたから、その取引に応じることにした。

(ふっかふかで暖かいジェラルドの羽布団とは今夜はお別れか……)

春の夜はまだ冷えるから少しだけ悲しい。しかし、彼にとって緊急のときにはベッドを貸す約束で羽毛布団を貸してもらっているのであきらめるしかない。

ルイスの部屋はジェラルドにとって、体《てい》のいい逃げこみ場だった。

それが嫌だというより、信頼されている証《あかし》のような気がして、悪い気はしていない。それでいて、訪ねてこられるたびに少しだけドキドキしてしまうから、複雑な気分でいた。

奥まった場所にある部屋は彼の部屋からは見えない位置にあるから、隠れるには便利だったのだろう。夜中にジェラルドが訪ねてきたことは幾度となくあり、ルイスはほんの少し油断していた。

酔いつぶれているようだし、いつものように空きベッドに転がしておくだけでいいだろうと安易に部屋に入れてしまった。

「ルイス……そのドレス……」

まるでいまになってルイスの服装に気づいたように、茫然《ぼうぜん》とした声を出される。

さっき大広間でも会っていたはずなのにと、少しだけ釈然としない気持ちになりながらも、スカートのドレープを見せびらかすように、くるりと回ってみせる。ドレスの襞《ひだ》だけでなく、解《ほど》いたばかりの赤い髪も、ゆるやかに波打ってふわりと広がった。

辺境伯である父親がわざわざ送って寄越《よこ》したドレスだ。父親としては、せっかく男ばかりの騎士団にいるのだから、うまく婿でも見つけてこいという意図があったのかもしれない。

ルイスとしても久しぶりの盛装で気分が浮き立っていたのだろう。ジェラルドの様子がおかしいことに気づかなかった。

「ああ。いま着替えるところだったんだが……背中の編み上げの紐《ひも》がうまく解けなくてね」

なにげなく、赤い髪を掻《か》き上げて見せたのを、ジェラルドはどういう意図だと受けとったのだろう。

すっとうなじに指先が触れて、どきりとした。

正確には、ぞわりと、いままで感じたことがない、悪寒めいた震えが入り混じって、ルイスはその瞬間に初めて、自分があまりにも安易にジェラルドを部屋に招き入れてしまったのではないかと気づいた。

「ジェラルド……ちょっと待て……っぐぅ！」

うなじに触れた指が背中に落ちて、編み上げの紐に触れる気配がしたと思ったら、ベッドにうつぶせに倒されていた。

絶体絶命。こんなことで貞操の危機を感じる日が来るなんて夢にも思わなかったのに、心のどこかではまだ危機感が麻痺《まひ》していた。

(ジェラルドはただ躓《つまず》いてよろけただけかもしれないのに)

ここで悲鳴をあげて誰かを呼んだら、さすがに気まずい。自意識過剰だと突っこまれたら、羞恥で死んでしまいそうだ。

ルイスにも必要最低限の世間体を気にする心があったのが災《わざわ》いした。

「あ……あぁ……」

さっきまで苦労していた編み上げの紐が解け、ドレスの胸元が心許《こころもと》なくゆるむ。無意識に、ジェラルドから体を離そうと足掻《あが》いたのに、コルセットの紐を掴《つか》まれて引き戻されていた。

体を拘束していた二重の枷《かせ》が外され、息が楽になったのは素直にうれしい。でも、露《あら》わになった背中にやわらかいものが当たって、びくんと体が跳ねた。

「ひゃ、あぁ……!?」

ジェラルドが背中にキスをしたとわかったのは、舌先で肩胛骨《けんこうこつ》の溝をすーっとなぞられたからだ。指先が不意に触れてもこそばゆい場所を、唇と舌が触れるか触れないかといったかすかさで蠢《うごめ》くのが、なんとももどかしい気持ちにさせられる。

早く離れてほしいのに、もっと強く触れてほしい気持ちも心のどこかに疼《うず》く。そんな二律背反に苛《さいな》まれていた。

「ジェラル……ド……君、ちょっと……ふぁっ、あぁ……！」

どうも様子がおかしい。呼びかけで我に返ってくれないか。

そう思って発した声は、しかし、背中に走った鋭い痛みで掻《か》き消えた。ルイスが逃げようとしたせいだろう。ジェラルドの腕が腰に絡まり、腹を撫《な》でた。まるでルイス自身をひどく求めているような仕種《しぐさ》に、頭が混乱する。

（違う。こんなこと、ありえるわけがないのに……）

もしかして自分は本当はもう眠っていて、自分に都合のいい夢を見ているのかもしれない。あるいは、悪夢だろうか。

「や、夜会で飲み過ぎたんじゃないのか、ジェラルド。疲れているんだろう？」

どうにか体を捻《ひね》ってジェラルドの顔をのぞくと、ランプの灯《あか》りでも目が据わっているのがわかる。頬《ほお》も赤い。必死に呼びかけてみたものの、体勢はむしろうつぶせのときより悪くなった気がした。

一番の理由は、ジェラルドの整った顔が近いせいだ。

美形の顔を間近で見るというのは、ずいぶんと心臓に悪い行為なのだといまさら知ってしまった。すっと伸びて整った鼻梁《びりょう》も涼しげなまなじりも高い頬骨《ほおぼね》も、目の毒だ。ただ美しいというだけではない。

ルイスの周りに、こんなに男らしく顔の整った顔の知り合いは生まれてこの方いなかった。

（そうだ。だから、いまどきどきしてるのは、こんなに格好いい殿方を間近で見ているせいで、わたしは別にジェラルドにどきどきさせられてなんていないんだから！）

自分の心臓が動悸《どうき》を速めるのがなぜなのか。

ルイスは自分の心のなかでいらない言い訳をして、気を抜けば頭に血が上りそうな心地に耐えていた。

（ジェラルドの瞳……よく見ると、ちょっと不思議な色合いをしている……青灰色なのに、光が射《さ》しこむと、光彩が赤くも見えるような……）

向かい合ってしまったせいで、まるで魅入られるように瞳をのぞきこんでしまった。

視線が絡んで、もっと瞳の奥をよく見たいと思っているうちに、ジェラルドの顔がゆっくりと傾いて――……

「……んっ……ふ、ぅ……」

キスされていた。唇と唇を重ねてわずかに蠢き、一度離れて、角度を変えてまた押しつけられる。

一瞬自分になにが起きたのか、わからなかった。

なのに、唇の感触は艶《なま》めかしくて、その甘さに痺《しび》れるように、体の力が抜けてしまう。

──多分、このキスがいけなかった。

ほんのわずかに残っていた理性が蕩《とろ》けるようなキスに呑《の》みこまれて、ルイスから『必死に抗《あらが》う』という選択肢を奪ってしまった。

「ルイス……好きだ。ずっと前から……君が女だったらいいと思っていた……」

ジェラルドの不穏な言葉を聞いて、反論する余裕すらない。

むしろ、ジェラルドの熱っぽい告白だけが、頭の芯を蕩けさせるように脳裡《のうり》に谺《こだま》していた。

（ジェラルドがわたしを好きだなんて、ありえない）

そう思う一方で、いまキスをされているのは紛れもない現実なのだった。

「んぅ、ん……ジェ……ラル、ド……」

吐息混じりの熱っぽい声が、吐きだすそばからジェラルドの唇に呑みこまれる。

わずかに身じろぎすると、服をずるりと剥《は》ぎとられてしまう。

素肌が露わになって、覆《おお》い被《かぶ》さるジェラルドとの間を阻む障害がまたひとつなくなる。ときおり肌に触れる、彼の無骨な手がやけに熱くて、そこだけ灼《や》けるようにひりひりと痛む気がした。

（もしかして……わたしも酔いが回っているのかもしれない……）

夜会の場で、同僚に勧められて、ワインを口にしていたことをいまさらながら思いだす。ことさら酒に弱いと思ったことはないが、体の感覚がおかしいのは事実だった。

「……っはぁ、あ……あぁ……」

ジェラルドが身に纏《まと》っていたマントや衣服を脱いでいくその動きが、密着しているルイスの肌をくすぐる。

貴人というのは、ただマントを脱ぐだけの振る舞いがなぜこんなにも優雅なのか。

ルイスの目はジェラルドの骨張った指先に釘付《くぎづ》けにさせられていた。大きな手が器用にマント留めの鎖を外し、襟付きのマントを自分の肩から落とす。裏地が赤い天鵞絨《ビロード》のマントはやわらかいのだろう、ふわりと軽い音を立てて床に広がった。

女嫌いのくせに、ベッドの上で服を脱ぐ仕種はずいぶん手慣れているようにも見える。

騎士団主催の夜会があったせいだろう。

髪を撫でつけ、いつもより装飾過多な服を身につけているジェラルドは、まるで絵画から抜け出た戦神《せんじん》のように凛々《りり》しい。その顔は作り物のように整っていて、間近で見ると、どきりとさせられてしまう。

ランプの仄明《ほのあ》かりに照らされただけの部屋は、急に濃密な闇が気配を増しているようだ。まるでルイスとジェラルドは、ずっと前からこうして抱き合っていたかのような錯覚に陥る。

（こうやって抱き合って肌を重ねることが運命だったかのような――）

そんな気にさせられる濃密な甘さに、ルイスは酔っていた。

ジェラルドの手がするりと、ルイスの体に残っていた最後の肌着を剥ぎとって、臀部《でんぶ》に触れる。胸元に吐息がかかり、胸の膨らみに口付けられる。

そんな初めての事態が怖いという感覚は、完全に麻痺していた。自分がこんなにも陶酔に弱いことを初めて知った気がした。

「ひゃ、あぁっ、う……くすぐった……んくっぅ……ッ！」

舌先で乳頭の先をつつかれて、びくんとルイスの華奢《きやしや》な体が跳ねた。

ぞくぞくと得体の知れない感覚が背筋を這《は》い上がってきて、武者震いのように体が震える。

心地いいのと気持ち悪いのと半々の感覚。

それでいて、もっと触れてほしいと思っている自分がいることにルイス自身、驚いていた。

たまらずに太い首筋に抱きついて、鼻にかかった声を漏らす。

「ジェ……ラルド……お願い……」

強請《ねだ》るような声がなにを求めているのか、自分でも正確にはわかっていなかったのに、ジェラルドには伝わったらしい。

大きな手が胸の双丘を捉えて、無骨な手にしてはやけにやさしい手つきで揉《も》みしだいてくる。

「は、ぁ……ンあぁ……あぁ……――ッ」

こんなふうに他人に触れられるのは初めてのはずなのに、体はジェラルドの愛撫《あいぶ》を受け入れていた。腋窩《えきか》から膨らみを集めるようにゆっくりと手が弧を描く律動に合わせて、ジェラルドの足がルイスの足に絡みつく。

初めは脚衣《きゃくい》の布地が肌を嬲《なぶ》るせいで、ぞわぞわと感じてしまっていたのに、いつのまにかジェラルドも生まれたままの姿になっていた。抱き合いながらもぞもぞしていたのは、どうやら服を脱いでいたためらしい。

下肢の狭間《はざま》に硬いものがぶつかって、どきりとする。

ルイスは処女だったが、いまジェラルドと抱き合っている行為が、結婚した男女がするものだという知識くらいは持っていた。それでも、知識と実践は全然違う。

（無理……こんな、大きいの……入らな……い……）

ぎくり、とルイスが身を強張《こわば》らせたのにジェラルドが気づいたのかどうか。

快楽を誘うように胸を揉みしだいて、ときおり親指の腹が乳頭に触れる。また、甘い嬌声《きょうせい》がルイスの唇から零《こぼ》れた。

「んぁあっ、あ……あぁんっ……あぁっ……ひゃ、うんっ、ンあぁ……ッ！」

触れるか触れないかのかすかさで乳首を擦られると、むしろ快楽が湧き起こるらしい。何度か触れられるうちに、そこはすっかり硬く起《た》ちあがり、指先できゅっと抓《つま》まれると、声が一段と高くなる。

声音から感じているのを知られてしまったのだろう。

下肢の狭間に肉棒を当てられ、肉襞を擦るように動かされると、またぞくりと腹の底が強く疼いた。きゅん、と膣道が収縮して、自分でもわけがわからないまま、欲望を覚えてしまう。

体の奥底に熱い精が欲しいと、本能が訴えかけているようでもあった。

まだ固く閉じたままの柔襞を擦るように、肉槍を動かされると、「んぁっ」とまた嬌声があがる。俗にいう素股などという行為をされているなどということは、ルイスにはわからない。

でも、ジェラルドが腰を動かすたびに淫唇が擦れて、びくびくと腰が揺れた。

太腿《ふともも》を押さえつけられているから、実際にジェラルドの腰の律動に合わせて揺れているというだけでなく、体の芯が熱い。火照った肌はどこが擦れても鋭敏に愉悦《ゆえつ》を感じてしまい、鼻にかかった嬌声がひっきりなしに零れていた。

「や、ぁ……あっ、あっ、ンあぁ……なんか、変……わたし、わたし……っぁあん……ッ！」

体の芯が震えて、雷に打たれたように、愉悦が頭の天辺《てっぺん》から爪先までに走る。

一瞬、ルイスの頭のなかは真っ白になった。

「……あぁ……ぁ……」

しどけなく、不明瞭な吐息が零れる。

肉槍が当たっていた場所からは、粘ついた液が零れて、その湿り気を帯びた気配はやけに淫らだった。わずかにジェラルドの体が身じろぐと、肉槍の先端から零れた液とルイスの淫蜜とが絡んで滑りをよくしており、一度は達して収まったように見えた欲望が、ぞくりと鎌首をもたげる。

ぶるりと、背筋に堪えきれない快楽の震えが走った。

「んっ、あ……ジェラルド……な、に……？」

濡《ぬ》れそぼった場所にいつのまにか指が触れて、ちゅくりと淫唇の割れ目を辿《たど》った。

「ひゃ、あぁあんっ、やっ……あぁ……ンあっ……！」

指先が淫唇の先を擦ると、びくんとルイスは背を仰《の》け反らせた。

ひどく感じる場所をジェラルドの指の腹が触れたせいだ。ちゅくちゅくと淫らな音を立てて、ルイスの秘部を弄《もてあそ》んでいる。

「だ、め……そこ、汚いから、触ら、ないで……ひゃうっ、あぁん……あっ、あっ……！」

快楽を与えながら少しずつジェラルドの指先が奥に入っていくのを、ルイスはわけもなく逞《たくま》しい体に抱きついて耐えていた。なぜだが、そうするべきだと思って疑っていなかった。

ジェラルドの熱っぽい肌が素肌に当たっていたせいかもしれない。

彼の熱は、そのままルイスを求める熱のような気がして、心のどこかで許してしまっていた。肌を合わせていることに、満たされる自分がいたのだ。

「ルイス、ルイス……頼む。おまえがあんまりにもかわいい声で啼《な》くから……もう、我慢できそうにない……くっ」

そんな切実な声を出されて、どうして抗うことができるだろう。

（ああ……わたしはジェラルドのことが……）

——好き。こんなにも、愛してる。

そのときになって初めてルイスは憧れだとばかり思っていた自分の感情が、もっと荒れ狂う波のように激しかったのだと気づいた。

「っ、あぁ……——ふ、ぁあ……痛い、ジェ、ラル……ド……」

太腿を抱えられるようにして、淫唇に肉槍を穿《うが》たれていた。痛い。でも、こうして欲しかった。ジェラルドの熱が欲しかった。でも、痛い。

感情が強く揺り動かされたせいだろう。いつのまにかまなじりからは涙が溢《あふ》れていた。

「んっ、く、ぅ……じぇらるど、じぇらるど……キス、して……」

痛みと先ほどまで感じさせられていた快楽とで舌が痺れているようだ。たどたどしく名前を呼んで、強請《ねだ》るような声を吐く。自分でも、こんな甘ったるい声が出せるのかと驚いてもいた。自分を愚かしく思う自分も頭の片隅にいるのに、実際に身体を繋《つな》げられた状態で、ジェラルドが唇を寄せてくれると、もうどうでもよくなった。

（ジェラルド……好き。大好き……）

心の奥底に湧き起こっていたのは、自分自身でも知らなかった独占欲。

それが体の痛みを上回って、甘い恍惚《こうこつ》にルイスを浸らせていた。

「悪い……痛いかもしれないが……動く、ぞ……」

じわじわと奥に進んで、やっとルイスのなかに納まったはずの肉槍を、ゆっくりと引きだされるのは痛い。痛いのに、ルイスの体の奥はまるで肉槍を放したくないと言わんばかりに絡みついていた。

ずくりと膣道が物欲しそうに収縮したところに、また肉槍を押しこまれて、痛いのか快楽を感じているのかがわからなくなる。引いて、また押しこまれて、引いて、また押しこまれて。

その律動に、ルイスの頭の芯までが一緒にかき交ぜられている心地がした。

眩暈《めまい》と陶酔と痛みとがぐずぐずに混ざり合って、涙を流しながら、触れている肌が熱くて。

「ンあぁ……あぁっ、はぁ……ン、ふぁ……あぁんっ、あんっ、ンあぁ……ッ！」

意識が途切れ途切れになりながら、肉槍の抽送を受け止めているうちに、愉悦のほうが強くなっていた。

ルイスの嬌声がひっきりなしに零れるころには、腰が快楽に揺れて、ぞくぞくという震えが背筋に走りそうで走りきらないもどかしさに溺れていた。

その狭間に、なにを思ったのだろう。ジェラルドの手が乳房の片方を掴んで、堅くなった赤い蕾《つぼみ》にカリ、と軽く歯を立てた。そのとたん、

「ひゃう、あぁ——あっ、あっ……ンあぁっ、あぁ……——ッ！」

震え上がるような快楽に呑みこまれたのと、ジェラルドの精を子宮の奥に放たれたのとは、どちらが先だったのだろう。

びくんびくんと背を仰け反らせていたルイスは、快楽の頂点に上り詰めさせられてしまった。

頭のなかで真っ白な光が弾《はじ》けて、初めてを奪われた痛みもなにもかも、そこで途切れた。

ただ甘い甘い恍惚のなかに、ルイスの意識は呑みこまれてしまったのだった。

† † †

翌朝、ルイスが目覚めたとき、すでにジェラルドはいなかった。

酔って前後不覚になっての行為だったとは言え、一度は体の関係を持ってしまったことになる。ルイス自身、昨夜のことをまだしっかりとは受け止めかねていて、どんな顔をしてジェラルドに会えばいいかわからなかった。

だから、今後は自室に帰れない事情があっても、ルイスの部屋に逃げこんでくるようなことは、もう止めてほしいと、そう話し合うつもりでいた。

「ジェラルド、昨日のことだけど……その」

同じ任務に就いたときに、さりげなくほかの団員と距離を置き、皇太子に話しかける。

ルイスが所属する寺院騎士団は、定期的に街のなかを哨戒《しょうかい》する規則になっていた。ジェラルドとルイスは同じ班に所属している。会いたくないと思っていても任務に出れば顔を合わせないわけにはいかない。

しかし、ジェラルドから返ってきたのは、予想外の言葉だった。

「悪い……またおまえに迷惑かけたようだな。俺の部屋に女が待っていることに気づいて逃げたところまでは覚えているのだが……そこから先の記憶がなくて」

「記憶が……ない⁉」

（もしかして、ただ酔っていただけじゃなかったのか？）

昨夜のジェラルドは明らかに様子がおかしかった。

強力な媚薬《びやく》でも飲まされていたのだとしたら、彼の熱に浮かされたような行動は納得できる。

（記憶がないのは薬が合わなかったのか、副作用なのかもしれない……）

以前から、フレイムランス帝国の皇太子であるジェラルドと関係を持とうとして、騎士団に忍びこむ女性はあとを絶たなかった。女性とはいえ不法侵入を許してしまうのは騎士団としていかがなものかと思うが、送りこんでいるのは、皇太后《こうたいごう》——ジェラルドの祖母なのだというから、仕方ないのだろう。

ジェラルドに早く身を固めさせたい皇太后は、これはと見こんだ令嬢を次から次へと送りこんでくるのだが、そのたびにジェラルドは逃げ回っていた。

「あの女……夜会でもやたらとつきまとってきたのだが、白粉《おしろい》と香水の匂いがきつくてとても耐えられなくて！」

ジェラルドは凄絶に冷ややかな笑みを浮かべて、まるで腐った汚物に呪いの言葉をかけるように吐き捨てた。

こういうとき、整った顔というのは邪悪だと思う。嫌悪するにしてもここまで完全に拒絶されているとは、送りこまれた令嬢たちは知る由《よし》もないはずだ。

ジェラルドは女嫌いなのだ。

任務で街中に出たときも、子どもはまだしも、妙齢の女性には近づきたがらない。老婆に関わる任務も基本的に避けている。そんな彼に、早く子どもを作らせようと努力する皇太后に、ルイスは少しだけ同情してしまっていた。

皇太子がこの調子では、周囲はさぞかしやきもきさせられていることだろう。

ルイスとしては、普段ことさら男装しているという自覚はない。

化粧や香水で飾り立ててはいなくても、女性らしい華やかさは軍装していても健在だ。後ろで編み上げの革紐《かわひも》で束ねているが、髪も長いままだ。

しかし、動くときに邪魔だから胸にはさらしを巻いているせいで、厚い生地で作られた騎士団の制服を着ているときは、女性らしい体の線は隠れている。

おかげで、騎士団の任務で出かけた先では、たいていの場合、ルイスは小柄な男だと思われていた。面倒だからいちいち訂正はしていない。

ジェラルドがルイスのことをずっと男だと思っていたのも知っているが、釈然としない気持ちでいた。その一方で、ジェラルドがルイスを避けないことにほっとする自分もいた。

（……女嫌いのくせに）

自分は女に見られていないのかと思うと複雑な心境だったが、色々と問題がややこしくなるから、あえて突っこまないことにしている。

唇にはまだジェラルドの熱っぽいキスの感触が残っているようで、話しているうちに落ち着かない気分になる。その感触を思い起こすように指先で辿《たど》ると、昨夜の記憶がまた鮮やかによみがえってきた。

――『ルイス……好きだ。ずっと前から……君が女だったらいいと思っていた……』

ふと熱っぽい声が耳元によみがえり、どきりとする。

（あれは……どういうつもりだったの、ジェラルド？）

ルイス自身、ジェラルドとの間に起きたことを夢にしたいのか、現実のものとしておきたいのか、まだ決めかねていた。どんな顔をしてジェラルドに会ったらいいのかわからず、おそるおそる哨戒任務《しょうかいにんむ》に出てきたのに、当の本人に記憶がないなんて。

ほっとすると同時に言葉にしがたい怒りも湧いてきて、すぐにルイスは幻聴を振り払うように頭を振った。

（まぁ、いいか。記憶がないのなら……）

あえて蒸し返さないほうがいい。ルイスさえ黙っていれば、昨夜のことはなかったことにするのが一番。

（だって……ああ、でも……）

ジェラルドに惹《ひ》かれている自分が心のなかにいて、きちんと確かめたいという気持ちはある。

でも、ルイスは恋愛ごとが苦手だった。

こんな男女の問題に向き合うのは初めてで、どうしたらいいか迷ってしまう。

実家の領地は、国境防衛の騎士団がいて、男所帯のなかで育ったせいだろう。色事めいた駆け引きをまったく知らずに育ってしまった。

ここ、エーヴェルだって実家に負けず劣らずの僻地《へきち》なのだが、市中の娘たちは、騎士団員を相手に恋愛するのに慣れている。

ルイス自身も男と間違われて誘われたことがあったが、「あなたって初心《うぶ》なのね」と言われて、女性相手にどぎまぎさせられたくらいだ。

自分は女だと打ちあけて丁重にお断りしたが、彼女と同じことをジェラルド相手にやってみろと言われたら、絶対に無理だ。好きだという気持ちさえ、自覚はあったものの持て余し気味で、どちらかというと、ジェラルドに冷たく振る舞ってしまうことさえあった。

それに、ジェラルドは皇太子なのだ。高貴な相手とのあやまちなんて、関わり合わないほうがいい。

女嫌いの彼は、普段、女性をむやみに襲ったりしない。

ただの事故だったのだ――ルイスはそう自分に言い聞かせて、忘れたつもりだった。けれども、数ヶ月後にもう一度、切実に思いだす羽目になった。

「妊娠脈が出てますね。これはおめでたでしょう……三ヶ月と言ったところですか」

数ヶ月後、街に出ているときに気分が悪くなったルイスは、町医者にそう言われてしまったのだ。

「妊娠……わたしが⁉　だってたった一回しかしてないのに……」

そんなことがあるのだろうか。男女の睦言《むつごと》に詳しくないせいか、簡単には信じられなかった。

抱かれたあとの痛みがなくなってからは、本当にあれはルイスが見た夢だったのではと思っていたくらいだ。

「何回やろうとできない人はできないし、一回でもできる人はできますわ。旦那さんにでも伝えたらよろこびますよ」

「よろこぶ？　……そ、そうね……」

町医者から無邪気に祝福されて、返事に困る。もしちゃんと結婚していたのなら、ジェラルドはルイスの子どもをよろこんでくれたのだろうか。

(見た目が厳《いか》めしいわりに面倒見がいいところがあるから、あれで意外と子煩悩なパパになるのかも……ってそうじゃなくて！)

妄想という現実逃避をしそうになって、ルイスは慌てて首を振る。

「お腹《なか》が目立ってきたらさすがに隠せないし……動けるうちに騎士団から離れなくては！」

とっさに考えたのは、これからどうやって生きていくかだ。

実家に帰れば、父親がなんて言うだろう。想像するのも怖《おそ》ろしいが、ほかになんの案も浮かばなかった。

——ジェラルドとも……これでお別れかな。

お腹をさすりながら、彼のことを考えると、胸がぎゅっと苦しくなる。

実家の辺境伯家と帝都は遠い。これから先、もう二度とジェラルドと会うことはないだろうと、このときのルイスは漠然と考えていたのだった。

第一章　皇帝陛下の求婚が切実すぎる

ルイスは辺境伯の娘で、婿《むこ》をとって跡を継ぐことが生まれながらに決まっていた。

辺境伯というのは、正式には辺境伯爵といい、特別な役目を任されている。

国境付近に領地を持ち、有事には国王の許可なく軍を動かせる権限は、辺境伯だけが持つ。

ルイスが知るかぎりでも、国境では危険な紛争が数年に一度は起きており、幼いルイスも自然と剣を持っていた。

ルイスを産んだときの傷が元で第二子を望めなくなっていた母親が亡くなったとき、騎士団に預けられたのは、ルイスの身の安全と辺境伯の跡取り娘という身分を考えたら、ごく自然のことだった。

その大事な跡取り娘が、子どもができたと言って帰ってきたのだから、辺境伯――ヘンドリック・バランティンが激怒したのも無理はなかった。

「いったい相手はどこの誰なんだ⁉　男ばかりの騎士団にいたとはいえ……コーリン、おまえも同罪だぞ⁉　なぜルイスに子どもができるような事態を許したのだ！」

ヘンドリックは椅子の肘掛けを指が白くなるほど掴んで怒りに震えている。

「その、お父さま……申し訳ありません……」

ここはひたすら謝りの一手だ。

騎士団にいるわけにはいかないのだから、実家に戻るほかない。後ろ盾も保証もない娘がひとりで街に出たところで仕事にありつけるほど、世間は甘くない。ルイスはまだ若輩者で父親の庇護《ひご》が必要な身だった。

父親のというより、辺境伯の前に出るからと、ルイスは長い袖がついたドレスを身につけていた。ゆったりとしたドレスは型がやや古めかしい。母親がルイスを妊娠したときに着ていたものを、乳母が見つけてきてくれたものだった。

辺境伯の城は、高い城壁に堅固な城門を備えた実践的な要塞《ようさい》の造りをしている。しかし、辺境伯としての威厳を保つためだろう。謁見室には皇帝を示す赤眼《せきがん》の黒竜《こくりゅう》と辺境伯を示す牡鹿《おじか》とガントレットを描いた紋章旗が目につくように垂れ下がり、天井にはシャンデリア、壁は緻密《ちみつ》な組木細工が施された凝った作りになっていた。飾り窓にかかる、赤い天鵞絨《ビロード》のカーテンや金色の燭台《しょくだい》飾りも、城の無骨な外観を裏切って、華やかだ。目を楽しませてくれる。

しかしいま、父親から激怒されているルイスにとっては、なんの慰めにもなってくれなかった。

ルイスが父親に弁明するためにやってきたのは、謁見のための大広間だ。

いま室内にいるのは、父親とルイス、それにルイスに付き添って寺院騎士団に所属していた従兄弟《いとこ》のコーリンだけだ。

コーリンはルイスのお目付役として一緒に騎士団に所属していたから、今回の件でも迷惑をかけてしまった。

（ごめんなさい、コーリン……）

彼の母親はルイスの乳母で、同じ年の従兄弟とは、ほとんど兄弟同然に育っている。

子どものころは、本当にコーリンが兄だと思っていたし、いまも忌憚《きたん》のない間柄だということは変わりない。夕飯抜きの罰を受けて一緒に台所に忍びこんだこともあるし、騎士団にいるときも、門限を過ぎたあとで帰ってきた彼をこっそり入れてあげたりした仲だ。

迷惑をかけたりかけられたりはいつものことだったが、さすがに今回は問題の質が違う。

兄弟の多いコーリンは、如才ない立ち回りが得意なのだが、このときはやけに沈痛な面持ちをしていた。嫌な予感がする。

「面目ありません……ルイスはその、伯父さまもご存じのとおり、とても剣の扱いが達者ですから……まさかルイスを押し倒そうなんて考える勇者がいるとは思わなくて」

「それ、どういう意味かしら、コーリン」

かすかな言葉の棘《とげ》を感じて、ルイスはコーリンに絡んだ。上品に、それでいて嫌みたらしい声で。

従兄弟にしてみれば、ルイスの妊娠でさえ冗談の種に過ぎないらしい。

コーリンは髪の色以外はルイスとよく似ていて、彼の背が伸びるまではよく間違われたくらいだ。やさしげな甘い顔立ちは、酒場にでも行くと女によくもてるらしい。騎士団でも情報集めに重宝されていた。

普段なら、ルイスはコーリンの軽口に慣れているし、それで気が紛れることも多い。いまも、ある意味では気が軽くなったが、同時にむっとさせられてもいた。嫌な予感は的中だ。

「言葉のとおりだが、なにか間違っていたか？　訓練のときも騎士団の任務のときも、女性だからと特別扱いされていたことがあったか？」

ぐっ、と言葉に詰まる。

（確かにそれはそうなんだけど……）

女性のルイスが騎士団に入ることに反対する団員もいたから、やっかみ半分で絡まれたこともある。相手は帝都の貴族で、辺境伯の実践的《じっせんてき》な騎士たちに剣を教わっていたルイスの敵ではなかった。実力の差を見せつけるように、模造剣で叩きのめしてやったところ、ルイスに手を出したら痛い目を見るという噂《うわさ》が尾ひれがついて広まったのだ。

ルイスの反抗的な気配を感じとったからだろう。反論を封じるように、コーリンは言葉を続けた。

「練習でも試合でも、剣でルイスに敵《かな》う相手は、騎士団のなかにさえ、数えるほどしかいなかったはずだ。レントン王の次子ラドクリフ、ゴードン公爵家のフェルディナンド、ロッドリー伯爵家のアーサー……それに」

指折りながら名だたる名家の子弟の名前を呼びあげられる。

確かに名前のあがった三人は同僚たちのなかでも剣の名手として知られ、ルイスも敵《かな》わなかった。そこまではよかったのだ。

だが、コーリンは思わせぶりな視線を、父親ではなくルイスに向けて、最後にもうひとり、名前を足した。

「――ジェラルド皇太子殿下」

どきり、と心臓の鼓動が大きく跳ねた。

まるで、ルイスの反応を確かめようとするかのような態度に、嫌な汗が噴きだしてくる。

(まさか……コーリンに知られているはずがない……)

ジェラルドには記憶がなかったのだ。彼が誰かに話すとは思えない。

(はったりだわ……きっと。落ち着くのよ、ルイス)

心の裡《うち》の動揺が外に漏れていませんようにと、ルイスは拳《こぶし》をぎゅっと固く握りしめる。

少し離れた場所で頭を抱えていた父親は、コーリンの言葉の微妙な機微もルイスが身を固くしたことも気づかなかったようだ。

ルイスとコーリンのやりとりをいつもの戯《ざ》れ言《ごと》だと思ったようで、手を大きく振って止めろという仕種をした。

「もういい！　見知らぬ男と子どもを作るような娘なんて知らぬ……しばらく顔を見せるな！」

激しい口調で父親から絶縁され、会見はそれで終わりだった。

実家から追い出されたルイスは分家筋の叔母の屋敷に身を寄せた。

コーリンの母でルイスの乳母をしてくれていたテレーズは、五人の子を産んだからだろう。出産に慣れており、女親がいない実家よりむしろ快適に面倒を見てもらえた。結果的にはよかったとも言える。

しかし、子どもが生まれたとき、運命とはなんて皮肉なんだろうと、思わず神に祈ってしまった。

「ルイス、元気な男の子よ。よかったわね」

叔母のうれしそうな声を聞きながら、ルイスは少しだけ複雑な気持ちになった。

ルイスが生まれたときから辺境伯を継ぐことが決まっていたように、ルイスに男の子が生まれれば、辺境伯となることが決まっている。

父親はルイスが結婚して跡取りとなる男の子を産んでくれたらいいと、切望していたはずだ。

（この子がお父さまの怒りを解いてくれるかもしれない……）

産着に包まれた子どもをどうにか腕に抱かせてもらうと、子どもはまだ無邪気に泣きじゃくっていた。

小さな体に似合わぬ大きな泣き声で、活力に溢《あふ》れた子だと知れる。

まだ握りしめたままの拳に指を近づけると、ぎゅっと握りしめてくる。その反応がなんだかうれしくて顔をのぞきこみながら、何度も何度もやってしまう。ささやかな母子のコミュニケーションだ。

ルイスと子どものやりとりを眺めながら、叔母は産婆や侍女に指示を出してくれていた。お産に使ったお湯を捨てて、また新しいお湯を沸かして、綺麗《きれい》な布を持ってくるように言いつけている。

「指先を握る反応もいいし、この子はきっとやんちゃになるわよー男の子は大変なんだから」

きびきびした叔母の言葉をそのときは聞き流してしまった。しかし、すぐに言われたことが事実だと悩む羽目になった。

エドワードと名付けられた子どもは、好奇心旺盛で歩きだすのがやたらと早かったのだ。


――一年後。

辺境伯領地の分家屋敷の中庭。

「エディ……！　ちょっと待って勝手に動かないで～～～ってあー！」

伝え歩きに慣れてはいたが、いまだはいはいするほうが早い子どもは、気がつくとルイスの視界から逃れてどこかに行ってしまうのを楽しんでいるかのようだ。

言葉もだいぶ覚えた彼は、はしゃいだ声で地面を叩き、ルイスを呼ぶ。

「るぅーるぅーここ！」

日光浴させようと連れだせば、荷物をガーデンテーブルに置いているうちに芝生の上をはいはいしはじめてしまう。エドワード――いつもはエディという愛称で呼んでいる赤子に気をとられれば、ルイスが荷物を落として散乱させてしまう。そんな調子だから、ルイスについてくれている侍女のアネッサといつも大騒ぎだった。

「待ちなさい！　いま荷物を拾ってるんだから……ああ、もう～～アネッサ、ここはお願い」

「かしこまりました、ルイスさま」

荷物をあきらめて、ひとまず子どもを捕まえに行く。

アネッサは親戚筋の子で、行儀見習い代わりに叔母の家に来ていた。

長く伸ばした金髪をゆるい三つ編みのお下げにしているのがかわいらしい。赤毛のルイスとしては、彼女の綺麗な金髪は羨《うらや》ましいかぎりだ。

行儀見習いどころか赤子の世話に追われる目に遭わせてしまい、少しだけ申し訳ない。でも、兄弟が多いからと子どもの扱いには慣れていて、ルイスよりもエドワードの機嫌をとるのがうまいくらいだった。

妊娠した娘には激怒したくせに、ヘンドリックは生まれた子が男の子だと知ると、態度を豹変《ひょうへん》させた。ある意味、予想どおりの反応だったとは言え、その手のひらの返しように、ルイス自身、あきれてしまうほどだ。

いまでは暇を見つけてては、叔母の屋敷を訪れてエドワードにたくさんのおもちゃを貢《みつ》ぐようになっていた。

体つきがしっかりしているせいか、エドワードは室内で遊ぶより外で動き回るのが好きだ。いまもヘンドリックからプレゼントされた黒毛のテディベアを片手に掴み、柵《さく》を伝い歩きしてどこまでもどこまでも遠くに行ってしまう。

子どもの足と侮《あなど》るなかれ。思っているより速く歩くから、ルイスも早足にならないと簡単には追いつけない。

「ほーら、エディ。いまはここまでにしましょうか。お母さまが本を読んであげますからね」

そう言うと、「本当に？」と言わんばかりに青灰色の瞳を輝かせる。

まだよくわからないだろうに、騎士たちが竜退治をするような話が好きで、お話をはじめると熱心に聞き入ってくれるのだった。

まだまだ子どもだから、だだをこねる瞬間があるくせに、気まぐれでもあるのだ。

エドワードに振り回される日々だけれど、これはこれで満たされた日々だった。

（もう、エディってば本当に小憎らしい天使なんだから……）

やっと捕まえた子どもを抱きあげて、頬をすり寄せると、ぷくぷくした肌が心地よくて、とてもとてもいい気分になる。

ルイスにとっては唐突に降って湧いた災厄《さいやく》のような事故だったけれど、エディを授《さず》けてくれたことだけはジェラルドに感謝していた。

昼間にたくさん運動をするせいか、寝付きがいいのだけが救いだ。

もう歯が生えてきて、よく食べるせいだろう。一日ごとに重くなる彼は、食事をさせるとすぐにうとうとしはじめた。

「じゃあそろそろ、エディさまはベッドに寝かせてきましょうか」

アネッサがそう申し出てくれて、うとうとしはじめたエディを手渡そうとしたときだ。

突然、扉が大きな音を立てて開き、物々しい気配とともに軍装した兵士が入ってきた。

「な、なにっ⁉」

驚いたルイスは子どもを抱きかかえたまま、壁に飾ってあった十字剣《じゅうじけん》をすばやく手にした。

「ここが辺境伯一族の城だと知っていての狼藉《ろうぜき》か⁉」

真っ先に考えたのは、もしかして国境を越えて、隣国の兵士が攻めてきたのではないかということだった。

ルイスが子どものころには何度も危険な紛争が起きていて、ルイス自身も視察に訪れていた要塞で、隣国の兵士と戦ったことがある。ルイスが寺院騎士団に預けられたのは、辺境伯一族としては当然の流れだったのだ。

しかし、剣を突きつけてから、兵士が赤眼の黒竜の紋章をつけていることに気づいた。

金の地に赤眼の黒竜を意匠しているのは、フレイムランス帝国の近衛兵《このえへい》の証だ。

狭い部屋に踏みこんできたふたりの兵士は、ルイスが剣を突きつけても微動だにしない。

そこにもうひとり、フード付きのマントを纏《まと》った背の高い青年が入ってきた。

顔を隠していたものの、金糸の縁取りのついたフードは貴人がお忍びのときに使うような、質のいいものだ。マントの隙間からのぞいて見える服装も、ほかの兵士たちより装飾が多い。

（誰……この方はいったい……どんなやんごとなき方が来たというの？）

警戒しつつもルイスが相手の出方を待っていると、青年はフードを後ろにずらして顔を見せた。

「あ、あなたは……！」

ルイスは思わず、はっと息を呑んで固まった。

真《ま》っ直《す》ぐに伸びた銀糸の髪に青灰色の瞳。肩幅が広く、堂々とした体躯《たいく》には、王者の風格だけでなく洗練された高貴さが漂う。

ジェラルドだった。最後に会ったときより顔つきが鋭くなった気がするが、彼の顔を見間違えるわけがない。

つい先日、父皇帝が急逝したせいで、彼は近々皇帝に選定されるはずだった。

辺境にさえ、急使が届く帝国の一大事だ。あまりにも急な死に暗殺されたのではという不穏な噂も流れていた。

新帝としての戴冠式《たいかんしき》を控えたこんな忙しい時期に、なぜこんな辺境に来たのだろう。

ルイスとしては首を捻るしかなかった。

「……久しぶりだな、ルイス。突然ですまないが、話がある」

そう切りだすジェラルドの背後にいる騎士にも見覚えがあった。

ほかの兵士よりも明らかに上位の服装をした騎士は、騎士団にも来ていたジェラルドの腹心だ。名前は確か、ガラハドだったか。彼もルイスのことを覚えていたのだろう。目が合うと、軽く会釈してきた。

「話。は、話って……なに……？」

敵が攻めこんできたかと思って十字剣を突きつけているルイスに話。

ジェラルドの指先が、剣の先を収めてくれと言わんばかりに、刃先を指先でついてきて、なんだか不思議な気持ちが湧き起こった。

無骨な指先さえ、久しぶりに見ると懐かしい。

一瞬だけ、心が昔に戻ったような錯覚に陥《おちい》り、ルイスは気まずそうに剣を壁の飾り棚に戻した。

自分の一挙手一投足をジェラルドが鋭く観察するのが居心地が悪い。彼の絡みつくような視線を意識して、動きがぎこちなくなってしまう自分がいたたまれなかった。

(ジェラルドはなにか用があってきただけなのに……わたしのほうこそ自意識過剰じゃないの)

見られていると思って緊張している自分が滑稽《こっけい》だと思うのに、それでも彼と同じ部屋にいるだけで心臓の鼓動はやたらと速くなっていく。

存在を意識するだけで、自然と口元もゆるんでしまいそうだった。

「ルイス……結婚したのか？　その子はおまえの子か？」

「えっ……」

ジェラルドがじっとルイスを見ていた理由の一端はそれだったのだろう。彼はいまになってルイスが子どもを抱いていることに気づいて、訊《たず》ねる機会をうかがっていたらしい。

思わず、言葉に詰まる。ずっとルイスが見ない振りをしていた宙ぶらりんの問題に唐突に答えを出せと言われた気分だった。

「ルイスはやっぱり結婚したから……だから、突然騎士団からいなくなったのか？」

「け、結婚……？　な、なんでそんなことを聞くの？」

「違うのか？　結婚した相手の子どもなのだろう？」

茫然としたまま歯切れの悪い言葉を繰り返すルイスに、ジェラルドがさらに鋭い問いの刃を投げかける。

結婚について聞かれるのもそうだが、子どもについて指摘されるのも困る。

(誰の子かって……それは……)

ジェラルド《あなた》の子です——ときっぱり言えたらどんなにすっきりしただろう。

ぎゅっと子どもを隠すように抱きしめて、でも、と思いとどまる。兵士やガラハドもいる。

アネッサにだって、エドワードが誰の子かは秘密なのだ。

迷っているからだろうか。とっさに頭のなかに、先の皇帝が暗殺されたのではないかという噂が過ぎった。

(もし、エディがジェラルドの子どもだと知られたら、この子も危険にさらされるのかもしれない……)

狭い部屋なのに、人が多すぎることに躊躇《ちゅうちょ》していると、突然、ジェラルドの態度が豹変した。

女性を相手にしたときに何度か見せたように、彼の表情がすぅっと冷ややかになる。

整った顔で酷薄な笑みを浮かべられると、壮絶に怖い。見た目には目の保養なのに、背筋が寒くなる。

(あ、これは嫌な予感しかない……ま、待って)

ルイスは子どもを抱いたまま、ほんのわずか後退《あとずさ》りした。

石造りの部屋の奥は当然のように行き止まりだ。ジェラルドと兵士に入口を塞がれた状態になり、自分が暮らしている屋敷なのに、ルイスは追い詰められた心地に襲われた。

「相手は……コーリンか？」

壁際に追い詰められ、低い声で問われる。

久しぶりに聞くと、こんな冷たい声でもいい声だな、なんて、聞き惚《きほ》れてしまう。

おそらく、明後日のことを考えてしまったせいで、ルイスの返答が遅れたのは失敗だったのだろう。ジェラルドの表情がまた一段と険しくなったのを、石床を見て思考を逸《そ》らしていたルイスは気づかなかった。

「ルイス……コーリンの子かと聞いている」

「え？　なんでコーリン？　いや、この子は……この子の父親はそのぅ……そう、亡くなったの。死んでしまったの！」

喉元まで「あなたの子です」と出かかっていたのに、最後の最後で呑みこんでしまった。

腕のなかのエドワードは眠たそうな目でルイスを見て、兵士を見て、そしてジェラルドを見ている。不思議なことにエディは泣いていなかった。見知らぬ人と物々しい兵士に囲まれているというのに、泣きだす気配は微塵《みじん》も感じられない。

（それともエディにはジェラルドがお父さんだってわかっているのかしら？）

ルイスでさえ、いまだに受け止めかねている事実をなぜか、まだまともにしゃべれない子のほうが自然と受け入れているような気がした。

正直に言えば、ルイスはジェラルドと向き合う覚悟が足りなかったのだ。酔ったのか薬を飲まされたのかわからないが、自分を襲って記憶がないなどと宣《のたま》った相手を罵《ののし》ることもできたはずなのに、できなかった。

（わたしは……自分で思っていたよりずっとジェラルドのことが好きだったんだわ……）

久しぶりにジェラルドと会って、いまさらながらルイスは自分の想《おも》いを強く実感した。

だから、記憶がないジェラルドに子どもができたと打ちあけられなかった。彼の重荷になりたくなかった。

好きだから、なおさら。

ジェラルドが皇帝になる間際のいまだから、なおさら。

――子どもがいたなんて知らせないほうがいい。

覚悟を決めたルイスの顔は、ジェラルドの目にどう映ったのか。訝《いぶか》しそうな声をあげられる。

「亡くなった……？」

「そ、そう！　結婚を約束していたんだけど、父に紹介する前に亡くなってしまって……」

だから、父親はいないの。

とっさに口から滑り出た嘘《うそ》だが、話しているうちに本当のことのような気がしてくる。

（そうだ……エドワードの父親はジェラルドじゃない。もう亡くなったんだ）

嘘を重ねて、自分自身にも言い聞かせる。

いまこの瞬間だけしのげば、ジェラルドはこの場からいなくなると信じていたからだ。

「ところで、話ってなに？　話をするなら、この子を寝かしつけないと。アネッサ、エディをお願い」

突然の物々しい雰囲気に怯《おび》えて、アネッサは壁際で身を縮めていた。彼女はルイスと違って、住んでいる砦《とりで》が隣国の兵士に襲われたことはないのだろう。ルイスの申し出は渡りに舟だったようだ。震える手に子どもを受けとって、

「か、かしこまりました、ルイスさま」

すばやく身を屈《かが》めるお辞儀をすると、部屋を出ていった。

「ずいぶん、肝が据わった子だな」

ジェラルドが感嘆したように言う。アネッサに配慮するより、子どもが気になるなんて女嫌いはあいかわらず健在のようだ。

ドキリとさせられると同時に、心のどこかでほっとしている自分もいる。

(別にわたしは……ジェラルドがほかの女性を気に懸けたとしても構わないのだけど！)

自分の思考が思いもかけない方向に流れそうになる気配を感じて、ルイスは心のなかで虚勢を張る。

「そ、そう？　エディはもう眠たかったから、なにが起きたかよくわかってないのよ。明日になったら怯《おび》えているかもしれないわ」

言い訳するように言葉を連ねているうちに、なぜか、ふっ、とジェラルドの纏う空気がやさしくなった。

「ルイスによく似ている。きっといい騎士になる」

先ほどまでの張りつめた空気がまるで嘘のようだ。親しげな笑みを向けられて、かぁっと頭に血が上る。

自分の顔のよさをもっと自覚してほしい。無駄に綺羅綺羅しい笑みを浮かべられると、見慣れているはずのルイスでさえ、挙動不審になってしまう。

ルイスが勝手にどぎまぎとさせられているうちに、ジェラルドがさっと手を上げ、兵士を部屋から出したことに気づかないほど、動揺してしまっていた。

(笑うと、ますますよく似ている……)

生まれたときはしわくちゃの赤ら顔でわからなかったが、一日ごとにエドワードはジェラルドに似てきていた。

久しぶりに会って確信した。エドワードの髪の色、青灰色の瞳はジェラルドそっくりなのだと。

(気づかれなかっただろうか。いや、気づかれていないはずだ)

実を言えば、理由をつけて子どもをアネッサに渡したのは、ジェラルドにエドワードを見せたくないからだった。

長い時間、見られてしまうと、子どもがジェラルドに怯えなかったように、ジェラルドもエドワードが自分の子どもだと見抜いてしまうかもしれない。だから、エドワードとジェラルドを早く引き離したかったのだ。

ルイスの心は揺れ動いていた。

ジェラルドに、あの子はあなたの子よと言いたい気持ちが荒ぶる一方で、知られたらなにか怖ろしい事態が起こるのではという恐れも抱いていた。

皇帝の血を引くからと、子どもを奪われるかもしれないし、暗殺される危険にさらされるかもしれない。ジェラルドに記憶がないのだから、自分の子だと認めないかもしれない。

それになにより、これから皇帝の座に就《つ》くジェラルドにとって、婚外子がいることは醜聞《しゅうぶん》になるかもしれない。ジェラルドの足を引っ張ることはしたくなかったし、騒ぎに巻きこまれるのも怖い。

目の前に敵がいて剣をとって戦うのなら、ルイスは勇敢に戦える。でも、世間の風評や誰かに迷惑をかける行為はルイスの得意な戦場ではない。

人の思惑に巻きこまれるのが、どうもルイスは苦手だ。そして、ジェラルドの皇帝という身分は否が応にも身近にいる人々を衆目にさらしてしまう。

それを考えると、どうしても真実を告げる言葉がルイスの喉から出てこないのだった。

「ジェラルドは……」

不意に名前を呼んでしまってから、いつのまにか部屋にはジェラルドとルイスふたりだけしかいなくなっていることに気づいた。

（な、なんで？　あ、話があると言ったから？）

過去には何度もふたりだけで過ごした瞬間があったはずなのに、時間を隔てて向き合ってみると、妙に落ち着かない心地になってしまう。

（ジェラルドがあまりにも立派になったせいだわ……多分）

皇太子だったときもほかの人とはなにかが違っていたが、少し見ないうちに、ジェラルドは皇帝の座に就くのに必要な威厳やカリスマ性といった、人の上に立つもの独特の空気を身に纏っていた。

ジェラルドの煌《きら》びやかな長上着にフード付きの飾りのついた長いマント、竜を象《かたど》った金のマント留めも次期皇帝としてふさわしい装いだ。

背が高く体格のいい彼によく似合っている。

（ジェラルドは皇帝になる大切な身だと、ずっと前からわかっていたはずなのに……）

いざその瞬間が近づくとなると、自分との間に引かれた見えない線にとまどってしまう。

近しい間柄だったことを忘れるかのように、ルイスはあえて、いまさら体を屈めるお辞儀をして、自ら一線を引いた。

「そういえば、皇帝になるのでしたね……ジェラルド皇帝陛下。おめでとうございます」

彼が皇太子だったときから自分との間に横たわっていたはずのものが、いま、もっと巨大な壁となってルイスとジェラルドを隔てている。

それは錯覚であって錯覚でない。

女相続人として一時的に辺境伯を預かる予定のルイスにとっては、彼は絶対服従を誓う相手になったのだ。

「やめてくれ、ルイス……君までそんなことを言うとは。らしくないぞ」

ジェラルドはするりとルイスの手をとって体を立たせると、親しい相手にするように、コツリと額《ひたい》を小突く。わざわざ臣下としての線を引いたはずなのに、ジェラルドのそんなささいな仕種でまた距離を詰められてしまった気がして、ルイスの心はざわめいた。

(こんなの、ずるい……こういうときこそ、いつも女性に対してしていたように、冷ややかな口調でわたしを罵ってくれればいいのに……)

そうしたら、自分も心を封じこめておけるのにと、ルイスはことさら意識をするように、身につけていたスカートのドレープを指先で抓《つま》んで、身を翻《ひるがえ》す。

男ばかり身の回りにいたせいで、実家にいたときも寺院騎士団にいたときも、ルイスの言葉遣いは少しばかり乱暴だった。しかし、エディを育てるようになってからは丁寧な言葉遣いを心がけていたし、スカートを身につけて生活していたせいだろう。女らしく振る舞うようになっていた。

騎士たちが使っていた下町言葉も「エディが真似《まね》したらどうするんです？」と叔母に注意されるせいで、口にしないように気をつけているくらいだ。

「そ、それで……忙しい皇帝陛下がこのような辺境までくるとは……どのような用件で訪ねていらしたのでしょう？　まだ用件をうかがっておりませんでしたね？」

部屋の奥に向かい、格子窓から外を眺めれば、一面に黒い森が広がっている。

国境近くのこの屋敷は、近くに大きな町がない。屋敷にはバランティン一族のものしかいないし、ルイスの子どもが誰かの子と詮索する貴族もいない。

紛争がないときの辺境は静かで、ルイスがひそかに子育てをするには理想的な環境だった。

今日、ジェラルドが突然訪れてくるまでは。

「ルイス……そうか。君がそういうつもりなら、いい。私には君に命令する権限があるのだからな――ルイス、君は今日から私のものだ」

「は？」

なにもない風景を見て、少しだけ淋《さび》しい気持ちになっていたのが、ジェラルドの一言で霧散する。頭のなかを疑問符でいっぱいにしたルイスは皇帝に対する礼儀も忘れて、友だちにするように問い返していた。

「いま、なんて？」

答えのつもりなのだろう。ジェラルドは無造作に自分の上着から小箱をとりだすと、ルイスの前で開いてみせた。

なかに入っていたのは指輪だ。

宝石ではなく、模様が刻まれた印璽の指輪《シグネットリング》だった。手紙の封をするときに、蠟《ろう》を垂らしてその上に指輪を押しつけると、差出人の証明代わりになる。華美なものではないが、貴族にとっては自分の身分と矜持《きょうじ》とを示す重要な指輪だった。

指輪には皇帝の紋章である黒竜に『J』と『R』が絡みつくように描かれている。

(もしかして『J』と『R』というのは……ジェラルドとルイスってこと?)

その模様の意味はなんだろうとルイスが首を傾《かし》げているうちに、小箱から指輪をとりだしたジェラルドがルイスの手を掴んでいた。

彼の指先がひどく大切なものに触れるようにやさしく蠢き、ルイスの左手の小指に指輪を嵌《は》める。伝統的に印璽の指輪は左手の小指に嵌めるものだからだ。

「君は私と結婚することになった。これは皇后の印璽として、紋章院に登録してある」

「なるほどこれが皇后の印璽………って、はい!? いまなんて!?」

指輪を目の前に掲げて眺めたところで、ルイスは素っ頓狂な声をあげた。ジェラルドに言われたことがあまりにも突拍子もなくて、言葉の意味がすんなりと頭に入ってこない。

指輪とジェラルドの顔を交互に見て、もっと言葉を費やして説明してほしいと目で訴える。

「突然。いったいなにを。熱でもあります?」

困惑しきったルイスは、言葉を句切るように発音して問いかけるとともに、昔よくしていたように、顔を近づけてジェラルドの額に手を当てていた。しかし、ジェラルドの整った額は特に熱くなくて、むしろ冷たいくらいだ。とりあえず熱があるという温度ではない。

「ルイス、君は私の言葉を冗談だと思っているだろう？」

「冗談でなければもっと性質《たち》の悪いお遊びですね。だいたい、なぜわたしなんです？　ジェラルドのお相手なら、それこそ寺院騎士団にしょっちゅうやってきたご令嬢たちが、よりどりみどりではありませんか」

都会的な空気を纏った令嬢がジェラルドに近づくのを見るたびに、ルイスの心はざわめいた。ジェラルドの態度は冷ややかなものだったが、そのなかの誰かとそのうち婚約するのだろうと、ルイスは思っていたのだ。

「理由なら、ある。私にはルイスじゃないとダメな、切実な理由が」

ジェラルドは整った顔を歪《ゆが》めて言う。その苦々しさが滲《にじ》んだ顔を見ていると、話くらいは聞いてみようかという気持ちにさせられた。

好きな人の頼みを断れるほど、ルイスの心は強くなかったからだ。

話をしている間も、昔のことがふっとよみがえって、懐かしい気持ちに浸ってしまう。

「昔も……ジェラルドはそうやって深刻な顔でわたしに無茶《むちゃ》な頼みごとばかりしてきたわよね。女のいる家には行きたくないとか、食堂でも給仕が近寄りにくい奥の席にしてくれとか、それに突然、わたしの部屋に泊めてくれって言い出したり」

思いだしてみると、自分でもよく断らなかったなと思う。

（でも、そうやって頼られるのが……うれしかったんだわ、きっと）

女の人が嫌いだといいながら、自分には気軽に話しかけてくるから、それが特別なことのように感じていた。

いまも、ジェラルドとの距離は近い。

急に昔のような親密な空気が部屋に満ちているような気になった。

「それで皇帝陛下がわたしに皇后になってくれとお願いする理由はなんでしょう？　自慢じゃないけど、帝都にいるお美しい令嬢方より得意なことなんて剣の扱いくらいよ。わたしにはお願いしやすいからなんてくだらない理由だったら、張り倒していいかしら？」

冗談めかした物言いに、どんな言葉が返ってくるのかわかっていたわけではないが、聞こえてきたジェラルドの声は想像よりずっと冷淡なものだった。

「帝都にいるお美しい令嬢方……か。私が手当たり次第に令嬢を抱ける体だったら……話はもっと簡単だったろうよ」

「……ジェラルド？」

思いがけず、なにか心の琴線をかき乱すようなことを言ってしまったのだろうかと心配になって、ルイスは彼の顔をのぞきこんだ。

「フレイムランス帝国皇帝の第一の義務だ。子どもを残すというのは……それで皇太子には、まだ性欲も湧かない幼いころから性戯を教える係というのがついて、どうすれば子どもを為《な》せるかを教えこむ」

皇族の内情を淡々と告げられ、ルイスはなんて言葉をかけたものかわからなかった。ただ、だから、ジェラルドは女が嫌いだと言いながら、ルイスを抱くときにはあんなに手慣れていたのかとも思う。

「それは……た、大変ね。でも、それがさっきの話とどう繋がっているの？」

ルイスでなければいけない理由を訊ねたはずだ。でも、いまの話と自分は関係がないし、ジェラルドが性戯を教えこまれているなら結婚になんの問題があるのか、さっぱりわからない。

皇后になりたくて、あるいは未来の皇帝の母になりたくて、ジェラルドに抱かれてもいいという貴族の娘なら、帝都にもたくさんいるだろうし、実際、寺院騎士団で暮らしているときも、たくさん彼の部屋に女性は訪れていたわけで。

「………女は嫌いだ」

「知ってる」

つい気易《きやす》い口調で答えてしまったが、眉間に皺《しわ》を寄せて、汚泥を投げ捨てるがごとく嫌悪感も露《あら》わに言われると、複雑な気分だ。

（わたしだって一応、女なんですけど）

自分はその範疇《はんちゅう》に入っていないとでも言いたいのだろうかと、あきれた目線で先を促《うなが》す。

ジェラルドは、ルイスの態度が皇帝に対するにしては、ぞんざいになったことはどうでもいいのだろう。寺院騎士団に在籍していた時分から、皇太子に対してと言うより、たんなる同僚として接してきたのだから、いまさらだとルイスも思う。

はぁっと長いため息を吐いてから、ジェラルドはさも深刻そうに告げた。

「……勃《た》たないんだ。女のほうから迫られてくると全身に鳥肌が立って、萎《な》えてしまう」

「…………………なんですって？」

深刻な話をされる体《てい》で身構えていたせいか、ジェラルドの言葉がうまく頭に入ってこなかった。

(タたない……タたないタたない……ってなにが？　なにが萎えてしまうって？)

頭のなかが疑問符で埋め尽くされていたルイスは、よほどわけのわからない顔をしていたのだろう。ジェラルドはルイスの顔を見たあと、自分の告白に堪えないとばかりに顔を自分の手で覆った。

「女を前にすると、男としての生殖機能の大事なところが勃起しなかった。だから、子どもが作れない」

女嫌いだとは知っていたけど、そこまでだったなんて。

(それで女性が部屋を押しかけてくると、いつも逃げ回っていたのか……)

女が嫌いで抱くこともできなくて。

それなのに、皇太子という身分と整った顔は、女性のほうが放っておかないのだから皮肉なものだ。

「んん？　ちょっと待って。でも、その……令嬢相手には勃たないというなら、わたしにだって無理なんじゃないの？」

（一応、女なんですけどわたしだって。それに、舞踏会の夜のことはどうなのよ……）

それとも、彼のなかでは違うとでも言うのだろうかと、挑戦的な目つきで睨《にら》みつけた。

ジェラルドは一瞬迷うように、視線を外したけれど、近しい距離をさらに詰めて、ルイスの赤い髪に手を伸ばした。

不意に触れられる瞬間、ルイスがどれだけどきりとさせられているか、知る由もないのだろう。ジェラルドは無造作にルイスの後《おく》れ毛を指先で弄ぶ。

「ルイスには……大丈夫だと思う。なんなら、証明してみせようか……いま、ここで」

ジェラルドの声が語尾に行くにつれだんだんと低くなり、ルイスの耳元をくすぐる。その響きはあまりにも蠱惑的《こわくてき》で、ぞくりと体の芯が震えた。

「証明……できるの？」

ジェラルドの声に誘われるように問いかけていた。

どちらかというと、田舎育ちのルイスは人の言葉をあまり疑わないほうだ。

だから、騎士団でも、冗談によく引っかかっていたし、ジェラルドがルイスの部屋のベッドを借りたいと言ったときも、他意はないのだと信じていた。信じていたからこそ、ある意味では裏切られてしまったのだ。

いまこの瞬間も、ルイスとジェラルドは寺院騎士団の仲のいい同僚で、ルイスを裏切ることはないと信じきっていた。過去に起きたできごとなど、まったく忘れてしまっているかのように。

それはルイスの最大の美徳で、最大の弱点でもあった。

ジェラルドがもしルイスを出し抜こうとすれば、簡単につけいれる隙。

その剥《む》きだしの素直さに、ジェラルドが眩《まぶ》しそうに目を細めたことにも気づく由もない。もちろん、すぅっ、と音もなく、ジェラルドの長身の影がルイスを覆ってしまったことにも。

部屋の空気が変わった気配に、ルイスはふっ、と顔を上げた。ジェラルドがじっとルイスを見つめていた。

彼の青灰色の瞳は高貴で理知的で、見えないものを見通しているかのようだ。

その、ガラス玉のように透明な青灰色をのぞきこむのがルイスは好きだった。

けれどもいま、ジェラルドの瞳には、どこかぎらぎらとした欲望が滾《たぎ》っていた。

「君を抱けると証明したら……ルイス。君は……私のものになるんだな?」

ジェラルドの低い声は、感情が抑えられているのに、不思議と熱っぽくルイスの耳朶《じだ》を震わせた。耳から犯されていくかのような錯覚に陥るほどの危険な色気に、くらりと眩暈《めまい》がする。

女なんて嫌いだと言いながら、いくらでも女を落とせる声を出せるのがジェラルドのいやらしいところだと思う。

その声が武器になると思えば、いくらでも利用する冷徹さをも兼ね備えた人間にとってはなおさら恐ろしい武器になる。

自分の声にルイスが動きを止めたのに気づいたのだろう。耳元に寄せられていたジェラルドの唇は、そのままルイスの耳に触れた。

ちゅっ、とやけに甘ったるい音が耳殻《じかく》のすぐ近くで聞こえて、そのままやわらかいものに食《は》まれてしまう。

「んっ、待って……くすぐった……っふ、ぁ……！」

唇が耳に触れる感触が妙にこそばゆい。痛いわけでもなくて、かといってなにも感じないでもなくて。かすかな触れ合いがもどかしいまでにむず痒《がゆ》くて、ルイスはたまらずに鼻にかかった声をあげて身を捩《よじ》った。

なのに、窓際にいたルイスが逃げる隙間はほとんどなかった。逃げる場所がないことに、いまさら気づいて、ぎくりと身が強張る。

性格の悪いことに、ジェラルドはルイスを追い詰めるのをどうやら楽しんでいるらしい。くつくつと喉の奥で笑うのが、触れ合ったところから伝わってきた。

「そんな、女みたいな声も出せるんじゃないか」

「女みたいな、じゃなくて、わたしは徹頭徹尾《てっとうてつび》、女です。ジェラルド皇帝陛下のお嫌いな！」

だから、離れろと暗に嫌みを言ったつもりなのに、離れるどころか、顎に手をかけて顔を上げさせられ、真顔で顔を凝視される。

（ちょっ、顔が……顔が近いんですけど！）

ぎょっとするより先に心臓が甘くときめいてしまっていた。

逃げ場がないところで近づかれると、整った顔というのは怖ろしい凶器だ。ルイスは思わず言葉を失っていた。

「そうだな。確かに私は女が嫌いだ……だが、ルイスはルイスだ。君はほかの女と違うし、私にそんなふうに食ってかかってくる相手は男でもそう多くはない」

やけに真摯な顔で言われて、とくんと心臓が甘く跳ねる。

まるでこの部屋のなかだけ時間が止まってしまったかのように、ルイスはジェラルドの目をじっと見つめてしまっていた。

「だから……君は私にとって特別な人だ、ルイス」

ため息を吐くように言葉を吐きだしながら、ジェラルドの睫毛《まつげ》がゆっくり俯せられていく。

こんなときなのに、なんて長い睫毛だろう、なんて思う。

整った顔が近づいてくるのをうっかり見つめてしまい、逃れるという考えがまるで浮かばないほど、この場の空気に呑まれてしまっていた。

「んんっ――……ッ！」

唇を重ねられていた。いつかと同じように。

しかも、よろけそうになるルイスの体を抱きしめるように腰に手を回される。

（ちょっと、待って。なにが、なんだか……）

混乱して当然なのに、どこかでジェラルドの行為をよろこんでいる自分がいて、さらに混乱を助長している。

（だから、キスはダメだってば……）

あの夜もそうだった。酔ったジェラルドに抱かれてしまった夜も。

押し倒されただけじゃなく、キスをされた瞬間から、ルイスは抗えなくなってしまったのだ。

いまもそうだ。ジェラルドにキスをされているという事実が頭の芯をじわじわと侵して、まともな考えが失われてしまう。キスに甘く溺れていく。

窓際に追いこまれた状態でジェラルドはルイスを逃がさないとばかりに、壁に手をついていた。貪《むさぼ》るように唇を奪われ、息もできない。

――突然、なぜ。

いまの会話のどこに、キスに至るきっかけがあったのかわからないというのに、ジェラルドのキスに翻弄されていた。

「だ……から、なぜって……聞いた、のに……ひゃっ⁉」

答えになっていない。そう重ねて訴えようとして、変な声が出た。まだキスの余韻に痺れて、ルイスの動きが鈍いのを見越してのことなのだろうか。くるりと体を回され、顔を窓に向けさせられた。とっさに窓に手を突いてよろけそうになるのを耐える。

「だからいま、君が聞きたい答えの証明をしているところだ。ルイス……君が本当に私の忠実な臣下だというなら、しばらく抗《あらが》うな……これは命令だ。皇帝の」

これがなんの証明なのかと反論したかったが、それより先に、ジェラルドの指先がショートコルセットの紐を解いて、どきりとした。

無骨な指に似合わぬ器用さに、彼は本当に女嫌いなのだろうかと疑いたくなってしまう。子どもといると、どうしても服が汚れてしまうから、自然と脱ぎ着がしやすい服装を選ぶようになっていた。ショートコルセットをゆるめられてしまうと、ブラウスの裾をスカートから引きだすのは、そんなに難しいことではない。

あっというまに服を乱されて、乳房を露わにされていた。

どきりとしたのは、背後から抱きすくめられていたせいもある。

背中にジェラルドの温度を感じると、その距離の近さにかぁっと顔が熱くなって、抗う気持ちが消し飛んでしまう。危険な兆候《ちょうこう》だった。

「あ……あぁ……、待って……っくぅ」

どうしたらいいかわからないうちに胸を揉みしだかれる。ジェラルドの指先が白い胸に食いこむたびに尖《とが》った赤い蕾が淫らに揺れていた。

窓の外は断崖絶壁《だんがいぜっぺき》だから、誰かに見られる心配はない。そうわかっていても、窓に向かって胸をさらされるのは、激しく羞恥を呼び覚ます格好だった。

「ああ、すごい……子どもを育てているからかな？　このかわいい乳首が濡れて……とてもいやらしいよ……ルイス」

低い声を耳元で囁《ささや》きながら、くりくりと起ちあがった乳頭を指先で弄ばれ、ぞくりと官能を掻《か》きたてられる。

色気を帯びた声の破壊力もさることながら、ジェラルドの指先が蠢くたびにぞくりぞくりと、とっくに忘れていたはずの愉悦を呼び覚まされ、ルイスの体は自然と悩ましく揺れていた。

以前、触れられたときとは違う。濡れた乳首を指先で擦られると、ただ触れているより感覚が鋭敏になってしまう。たまらずに、ルイスの唇からあえかな声が漏れた。

「ふ、ぁあんっ……ちょっ、んぁ……こんなことで、なにが……あぁっ」

いったいジェラルドはなにを証明しようというのか。

理性はそう問いかけたいのに、体は勝手に彼の指先に反応していた。体の芯が濡れてくる気配に、どきりとさせられる。

しかも、体がぞくぞくと震えているところに鼻筋でうなじの髪を掻《か》き分けられ、ちゅっと唇を寄せられたからたまらない。

ルイスはびくん、と背を仰け反らせて、快楽に軽く達してしまった。

その様子を見て、ジェラルドの瞳が色を濃くしたことをルイスは知らない。見ることはできない。なのに、背後から名前を呼ばれた瞬間、なにかジェラルドの危険なスイッチに触れていたのだと気づいた。

「……なぁ、ルイス。君を抱いた男はどんなふうに君を抱いた？　君の胸をどんなふうに揉みしだいて、君にどんな甘い言葉を囁いて口説いたんだ？」

言いながら、ジェラルドの手はルイスのスカートに伸び、襞《ひだ》を巻きこむようにたくしあげる。

スカートを膨らませてたペチコートごと、背中の腰の上にまとめあげられ、足下がすぅっと涼しくなった。

「なにを、突然……んひゃぅっ……！」

急に下肢の狭間を指先で撫でられて、変な声が漏れる。

ペチコートの下に穿《は》いていたドロワーズは、股が開いた作りになっている。なんの防御にもならないまま、下肢の狭間に指を伸ばされていた。つぷりと、ぬめりを帯びた指先が淫唇を辿り、絶妙に快楽を呼び覚ます。背筋がぞくりと甘美に震えた。

「あっ、あぁ……待ってジェ、ラルド……んぅ、そんな汚いところを、触ら、ないで……ひゃ、あぁ……ッ！」

いやいやと、子どもがむずがるように首を振ったところで、行為をやめてくれるつもりはないらしい。くちゅくちゅと淫らな水音を立てて、さらに感じるところを指先で探りあてられてしまった。びくん、と大きく体が跳ねて、力が抜けそうになる。ルイスは窓の飾りに指を引っかけて、どうにか体がくずおれそうになるのに耐えた。

「こんなに感じて濡れて……意外だったよ。ルイス……結婚もまだだったのに、ずいぶんその男に抱かれたみたいじゃないか」

指先が感じるところに触れるか触れないかのかすかさで蠢いて、ひっきりなしに下肢の狭間が収縮しているというのに、ジェラルドが耳元でねっとりとした声で囁くから、頭のなかがさらに混乱する。

（なんで、そんなことを言って……知らない。わたしを抱いたのはジェラルドで、あのたった一回だけだったのに……）

まるで嫉妬されているかのよう――そんな思考が一瞬だけ頭を過ぎる。

でもおかしい。ジェラルドが嫉妬なんてする理由がない。

なにか幻聴を聞いているに違いない。あるいは、自分に都合よく言葉の意味を取り違えているのかもしれない。

（だってこんなのまるで……ジェラルドがわたしのことが好き……みたいじゃない。そんなわけないけど……でも）

やっぱりありえない。ルイスは小さく首を振って自分の妄想を振り払った。

「んんっ、っあぁ……は、ぁ……ンぁあ……ッ」

実際には妄想に気をとられる余裕はなくなっていた。指先の動きに合わせて、嬌声が漏れる。

鼻にかかった声をあげる自分の醜態が嫌なのに、理性で抑えるのはもう無理だった。

ジェラルドの指の腹がひどく感じるところに触れたとたん、また甲高い嬌声が唇から零れる。

びくりと腰が揺れて、今度こそ体を支えられなかった。

「ンあ、あぁッ……は、ふ……――」

頭のなかが真っ白になって、一瞬、ふわりと浮遊感に襲われる。

力を失った体を窓にもたせかけるしかない。胸の先が冷たいガラスに触れる刺激が辛《つら》いのに、
腕で支える余裕はなかった。びくんと体がまた快楽に震えてしまうのに、為《な》す術《すべ》もない。

ルイスがぐったりと窓に体を預けたのが、軽い絶頂に至ったせいだと気づいたのだろう。

ジェラルドはズロースの腰紐《こしひも》を解いて、するりと床に落とし、いとも簡単にルイスの臀部を露わにしてしまった。

「あ……あぁ……」

人前で見せたことがない自分の秘められた場所を、国で一番高貴な人にさらしているという
事実に、ルイスは衝撃《しょうげき》を受けていた。

羞恥のあまり、首筋から耳の先までかぁっと熱くなる。

なのに、そののぼせ上がったような熱は、次の瞬間にはさーっと引いていた。

背後でごそごそと衣擦《きぬず》れの音がして、ジェラルドが前を寛《くつろ》げたのだと理解したと同時に、下肢の狭間に硬いものを押しつけられたからだ。

「ひゃ、ちょっと待って……こ、こんなこと……んぁっ」

肩越しに振り返ろうとすると、敏感なところをその硬いもので擦りあげられ、思わず声が出た。本能的に子宮の奥が疼《うず》いた気さえする。

正直に言えば、ルイスは少しだけ怖かった。流されそうになってはいたものの、以前に抱かれたときより、ずっとずっと正気が残っているせいだろう。また子どもができてしまったらどうしようなんて、まだ起きていないことまで考えて、不安になってしまう。

（やっぱりあの夜は、わたしも酔っていたんだきっと）

過去の記憶が曖昧なのは、暴風雨のような、初めてのできごとを受け止めかねていたというだけじゃなかったのだろう。でもいまは違う。これ以上、行為を続けることに怯える自分がいた。

なのに、ルイスの怯えなんて、まるでジェラルドには伝わっていないようだ。

さらに激しく、下肢の間で反り返る肉槍を動かされて、甲高い喘《あえ》ぎ声が抑えられなくなった。

「んっ、あぁ……ジェ、ラルド、もぉ無理……あぁっ、あんっ、はぁ……くっ、ンぁあッ」

どうしてこんなことをされて感じてしまうのか。自分でもよくわからないのに、体の奥からいやらしい蜜が溢れてきて、その粘りを帯びた液が肉槍の滑りをよくして、さらに愉悦を引きだしてしまう。

「ふふっ……ルイスの啼く声もかわいくて素敵だが、あまり大きな声を出すと、扉の外にいる私の近衛兵に聞かれてしまうかもしれないぞ?」

「なっ……ンぁあっ、ジェ……ラルドの……意地悪……っは、ぁあん……ッ!」

自分でルイスを追い詰めておきながら、なんて言いようだろう。

むっとさせられるのに、それでも声を抑えるのは難しかった。

(ダメ……聞かれたくない。聞かれたくないのに……)

「ふ、ぁ……やぁ、動か……ないで……ンあぁっ…あぁ――ッ!」

肉槍が強く淫唇を擦ると、また愉悦の波が大きくなって、ルイスの意識は吹き飛びそうになった。ジェラルドの手に腰を支えられてなかったら、今度こそ床に倒れこんでいただろう。

そんな状態だったから、下肢の狭間に肉槍の先をあてがわれたときには、されるがままになるしかなかった。

「いっ、痛い……ジェ……ラルド。待っ……んっ、くぅ……」

立っている状態で狭隘《きょうあい》な場所を突きあげられて、ルイスは初めて苦悶《くもん》の声をあげた。

苦しい。胃の底が持ちあがるような異物感に襲われる。なのに、臀部を掴まれてさらに肉槍を奥に進められると、体の芯が熱く疼いてくるような錯覚にも陥る。

「くっ、狭いな……君の相手が亡くなったというのは本当だったんだな……」

どこかほっとした様子のジェラルドの声が背中から聞こえてくる。

（本当って……なにが？　意味がわからな……い……）

挿入したことで、ルイスの嘘のなにに納得したのか。わからないまま、苦しい息を吐いて、体が楽なようにどうにか姿勢を変えて耐える。なのに、その次の瞬間からやっと体のなかに収まったはずの肉槍をゆっくりと引き抜かれて、また呻《うめ》き声《ごえ》が漏れ出た。

「や、め……動かない……で……ぅあぁっ……」

肉槍を引き抜かれてまた押しこめられる動きに、ルイスの腰が悩ましげに揺れる。

ただ苦しい異物感しかなかったはずが、ぬるりという粘液の感触にも助けられて、少しずつ官能を呼び覚ましていた。

体というのは、ルイスが思っているよりずっと、かつて体験した快楽を覚えているものらしい。ぞくりと膣道が収縮する感覚に、自分でも気づかないうちに戦《おのの》いていた。

「ジェ……ラルド……ぁ、あぁ……ッ」

苦しいからかもどかしいからか、自分でもよくわからない。

なのに求めるように名前を口にしてしまうその熱っぽい声にジェラルドが軽く目を瞠《みは》ったことをルイスは当然のように知らない。気づく由もない。

けれども、ジェラルドの手が臍《へそ》の下を誘うように撫でてきて、またぞくりと体の芯が疼いた。

「ルイス……」

腰の奥に蠢《うごめ》く熱が、ジェラルドの欲望の強さを訴える。でもそれ以上に、自分の名前を呼ぶ声が耳だけでなく、頭の芯まで甘く痺れさせていくような気がしていた。

ルイスの名前を呼ぶジェラルドの声をずっと聞いていたい。そんな気持ちにさせられてしまう。

「……もっと激しくしてほしい？　ルイス……君の旦那になるはずだった男より、私のほうが君を楽しませているだろう？」

根元近くまで引き抜かれていた肉槍でいきなり奥深くまで突かれて、目の前に星が飛んだ。

「ひゃ、ぅ！　あっ、あぁ……あっ、ンあぁっ……！」

肉槍が狭隘《きょうあい》な場所で動くたびに、次第に体の芯が慣れてきて、愉悦が強くなってくる。

鼻にかかった嬌声をどうやって抑えたらいいのか、ルイスはもうわからなくなっていた。

しかも、突きあげるタイミングに合わせて、ジェラルドの手が双丘を捉え、乳頭を抓んできたから、もう限界だった。

「あっ、ンあっ……あぁっ……ひゃ、ンあぁんっ……っぁあ……――ッ」

体の奥に精を受けたのだと理解するより先に、快楽の頂点に達してしまった。頭のなかが真っ白になって、恍惚とした感覚のなかに意識が呑みこまれていく。

（あぁ……どうしよう。また子どもができてしまったら……）

一瞬だけそんな考えが頭を過ぎったけれど、それだけだった。

またしても流されてしまった自分に困惑しているものの、それ以上に、もう一度ジェラルドに会えたよろこびがルイスの心を支配していて、ほかのことをすべて許してしまっていたのだった。

† † †

「皇帝陛下は手当たり次第に女を抱いて、子どもをたくさん増やそうとでもいうのかしら？ こんな……証明なんて……」

絶頂に達せられてしばらくのち、ようやく正気に戻ったルイスは、どうにか必要最低限の身なりを整えて、ジェラルドにできるかぎりの皮肉を浴びせた。

確かにジェラルドはルイスを抱けると証明したが、そんなことは初めからわかっていた。どちらかというと、困惑したルイスとしては、突然、自分に向けられた激しい欲望の意味が知りたかった。

床に落としたマントを拾ったジェラルドは、ルイスの体を覆うようにかけてくれていたが、そんなやさしさに簡単に絆《ほだ》されまいと、つん、と顔を逸《そ》らす。

虚勢くらい張っていないと、どんな顔をしてジェラルドと向き合ったらいいのか、さっぱりわからなかったのだ。

(だって……ジェラルドはまるで……いもしない人に嫉妬してるようなことを言うから……)

――『……なぁ、ルイス。君を抱いた男はどんなふうに君を抱いた？　君の胸をどんなふうに揉みしだいて、君にどんな甘い言葉を囁いて口説いたんだ？』

――『君の旦那になるはずだった男より、私のほうが君を楽しませているだろう？』

抱かれながら聞かされた言葉が、ぱっと脳裡によみがえり、ルイスはさっと耳の裏まで火照《ほて》るのを感じた。

自分の頬が紅潮しているのを気づかれませんようにと、椅子に座ったまま、視線を落とした。

すると、なにを思ったのだろう。ジェラルドはルイスの前で膝を突いて言ったのだ。

「君はほかの女とは違う……私は君が相手なら、抱けることを証明した。つまり、私の子を産める女性は君だけだ、ルイス」

「なるほど……って、ええ⁉」

考えなしにうなずいてしまったあとで、一拍《いっぱく》置いて言葉の意味が頭のなかに行き渡る。

(証明。証明……ってそういうことだったの⁉　ジェラルドの子どもを産むって、わたしが？

エディのほかにもうひとり？)

困惑しつつもジェラルドの言い分にも一理あると納得しかけた次の瞬間、なぜか父親の顔が頭を過ぎった。追いかけるように、エドワードの顔も。

「待って、ジェラルド。でもわたしは皇后にふさわしい身分とは言えない上に、辺境伯の跡を継がなくてはいけない身で……それに子どもだっているのに、皇后なんて無理……」

貴賤《きせん》結婚とまではいかないが、皇帝の配偶者になれるほどルイスは高貴な血筋ではない。

帝都の貴族が承知するわけがないと、ジェラルドはわかっているはずなのに。

左手の小指に嵌められた印璽の指輪を外そうとするルイスの指先を、ジェラルドの無骨な手が押さえた。

「私と結婚してくれ、ルイス……言っておくが、君に拒否権はない。これはさっき説明したように、帝国の最重要案件なのだからな」

その言葉が結局はすべてだった。

皇帝の命令――その一言で、ルイスは突然、ジェラルドと結婚することになってしまったのだ。

第二章　ジェラルドの拗《こじ》らせた初恋

ジェラルドが初めてルイスと会ったのは、寺院騎士団の駐屯地《ちゅうとんち》を案内されているときだった。訓練場で、小柄な少年が巨漢を倒したのが胸がすくほど気持ちよくて、つい声をかけてしまったのだ。

「君、小さいのにすごく勇敢だね。楽しい試合だったよ」

そう告げたときのルイスは、あとから思えば、少し奇妙な表情だった気もする。

当然だろう。ジェラルドの振る舞いは皇太子としては正しいかもしれないが、騎士団に新たに叙任されてきた騎士にしては、上から目線な物言いだった。その場から離れたあとで、侍従《じじゅう》のガラハドから注意されたほどだ。

それに加えて――そのときのジェラルドは知らなかったのだから許してほしいが――ルイスは女性だったのだ。

小柄なのに、自分より体格のいい相手にも怯《ひる》まない勇敢な少年。

ジェラルドはずっとずっとルイスのことをそんなふうに思っていたのだった。

(……いま思えば、あれは最初の出会いが悪かった)

ジェラルドとしても反省するところが多々あるとは思うが、それでももう少し違う出会いだったら、自分だって少年と少女を間違えなかったかもしれない。そうも思うのだ。大変言い訳がましいことも重々承知しているが。

いずれにせよ、ジェラルドはルイスのことを少年だと信じて親しくなり、気づいたときには、もう遅かった。彼——本当は彼女だと知ったときには、その感情がなんなのか、うまく切り離せないほどに、ルイスが大事な存在になっていたのだ。

ルイスは親しい友だちで、ジェラルドにしてみれば初めてできた親友で、だからルイスといるのは楽しいし、ほかの人よりも自分と一緒にいて欲しい。

そんなふうに感情を拗《こじ》らせていることに薄々気づいたころに、寺院騎士団の舞踏会があったのだ。

ドレスを着たルイスを見たジェラルドは、自分の拗らせている感情がさらに歪むのを感じた。

——女は嫌いだ。

——だけど、ルイスは嫌いじゃない。たとえ、ルイスが女だとしても。

† † †

ルイスのドレス姿に見蕩《みと》れていた自分を、いまもよく覚えている。

そのときの感情がまだまざまざと心に焼きついているのに、すべては春の夜の夢ように掴みどころがなくて、そのあと、ルイスとなにを話したのかの記憶は曖昧になっていた。

――『ルイス……好きだ。ずっと前から……君が女だったらいいと思っていた……』

そんなふうに告白して彼女を押し倒す夢まで見てしまったのだ。大変、恥ずかしいことに。

(ああ、また忘れたいことを思いだしてしまった……)

遅れてやってきた思春期のような初々しくも痛々しい衝動と向き合うには、普段のジェラルドは理性的すぎた。それでも、ルイスに関することはときどき変に理性の箍《たが》が外れてしまうから、意識して冷静に努めなくてはと思う。

いまも、ジェラルドの目の前にいるルイスが、スカートを着た女性らしい格好をしているせいだろう。

あの夜の自分が一目惚《ひとめぼ》れしたように、ルイスにぽーっとなったことがよみがえり、落ち着かない気分になってしまう。

(いまはルイスを連れて、早く帝都に戻らないといけないのに……)

母親と信頼できる部下に任せてきたとはいえ、長く帝都を留守にしているのは危険だ。

祖母の皇太后は、自分の薦める令嬢とジェラルドを結婚させたがっていて、皇帝になることが決まってから、その要請は激しくなる一方だった。

留守の間に勝手に婚約発表でもされてしまうと、もみ消すのが難しい。

権力闘争というのはいつの時代も厄介だが、皇太后の場合、自分のしていることがジェラルドのためにもなると心底から信じているから、なおさら性質《たち》が悪かった。

（あ、いや待てよ。そうか……逆にこちらが先に衝撃的なニュースを提供してしまえば先手を打てるかもしれない……）

いい策略が思い浮かび、企《たくら》みを秘めた笑みが零れそうになる。しかし、策を弄するにしても、辺境にいたままでは身動きがとれない。

人をやって、準備しておいてもらう必要があるだろう。

まだ不承不承といった表情で印璽の指輪を眺めているルイスの手をとり、ジェラルドに注意を向けさせる。

「早速で悪いが、ルイス。明日、ヘンドリックから許可を取りつけたら、できるだけすぐに帝都に立ちたい。必要なものがあれば、こちらで用意するから、君は身ひとつで来てくれればいい」

ジェラルドはあえて事務的に告げた。

できるだけ冷静を装っていたが、内心ではまだ感情が昂《たか》ぶっていた。自分で自分がなにをしでかすか、わからないほどだ。ルイスを抱けることを証明するためとはいえ、無理やり抱いたのはやり過ぎだったとひそかに反省してもいた。

（ああ、でもやっぱりルイスは特別だった……）

そんな感慨がじわじわと胸に湧き起こる。

久しぶりに会った同僚は、子どもを抱いていたせいか、見違えるほど女らしくなっていた。

いまの彼女なら、ジェラルドだって男だと間違えたりしないはずだ。

過去に、ずっとルイスのことを男だと思っていたから、複雑な気持ちはまだ心の奥底に残っている。

女性の側《そば》に近寄りたくないという感情はいまでもあるのに、ルイスに関しては逆だ。彼女に近寄りたくて、髪や肌に触れたくて、自分でも抑えきれないほどだ。

彼女の手を握ると、剣を扱う手にしては、ずいぶんと指が細い。こんな手でよく騎士団の任務をこなしていたものだと感心してしまう。

「え……明日？　ちょっと待って、ジェラルド。そんなこと急に言われても困るでしょう⁉　ああ、もう次から次へと……」

ルイスから当然のように不満の声があがった。

想定内のこととは言え、少しだけ申し訳ない気持ちになる。

街道が整備されているとはいえ、帝国の領地は広い。

結婚して辺境から帝都に向かえば、簡単に戻ってこられないはずだ。自分が寺院騎士団の駐屯地・エーヴェルから帝都に戻るのさえ、大変だったのだ。それをわかっているのに、父娘に別れの時間をゆっくりと過ごす時間も与えないなんて、自分はなんてひどい命令をしているのだろうと思う。

「悪い、ルイス。急な話なのは承知しているが、時間がないんだ」

「時間がないって……こんな大事な時機に、辺境になんて来たからでしょうよ」

どうやら事情があることはルイスも知っていたらしい。あきれた顔をされた。そんな顔もかわいいと思う。

ルイスと一緒にいると楽しくて、思考が明後日の方向に流れそうになるのを理性をかき集めて正さなくてはならなかった。

「そうだ。戴冠式《たいかんしき》の準備があるから早く帝都に帰らなくてはいけないし、それに合わせて結婚式をあげたい」

「なんですって？　正気なの、ジェラルド？」

ルイスは驚いたのと少しだけ怒りを抱いているのとが入り混じった顔で叫んだ。寺院騎士団にいるときも彼女はよくこんな顔をしていたから、懐かしくて胸が温かくなってしまう。

彼女が変わっていないことがうれしい。こういうとき、変に自分におもねってこないルイスが好きなのだと、あらためて再確認してしまった。

ほかの令嬢だったら、ジェラルドに反論なんてしない。嫌みももちろん言わない。こちらにはいい顔をしておいて、陰《かげ》で不満を言うくらいだ。

でも、ルイスは必要なときには、はっきりとジェラルドに意見をしてくれる。寺院騎士団の仲間はみんなそういうところがあったが、とりわけルイスに言われると、はっ、とさせられることが多かった。

自分は、面と向かって意見を言ってくれる相手に飢えていたのだと。

「もちろん、正気だとも。どちらにしても、結婚の準備は進めている……相手が誰になるかもわからないまま」

皇后を決めるなんて、手続きが必要なことだと思われがちだが、最後はただのくじ引きのようなものだ。大事なのは皇帝の血筋のほうで、あとはたいていの場合、権力闘争の結果に過ぎない。

一定の身分と、ちょっとした後ろ盾さえあれば、誰にでもその機会はある。

父皇帝は、ジェラルドに相手を選ぶ時間をくれていたが、その盾は突然いなくなってしまった。

——皇帝が急死したのは、つい三ヶ月前のことだ。

ジェラルドが寺院騎士団の勤めを終えて、帝都に戻る直前のことだった。

慌ただしく帝都に戻り、父皇帝になにが起きたのか探ったところ、遊歴中ではあったが、元気にしていたのだという。

暗殺の噂もひそやかに流れていた。

その死の原因もわからないうちに、皇帝位を継ぐようにと言われて、ジェラルドは追い詰められていた。

「皇帝の死という暗い報せ《しら》を帝国から消し去るためには、祝いごとが一番なのですよ」

自分の祖母・皇太后からそう言われ、戴冠式と同時に結婚相手を決めるようにと強く迫られていたからだ。

これからは自分の身は自分で守らなくてはならないが、代替わりしたばかりの皇帝に、盤石《ばんじやく》な基盤などあるわけがない。

宮廷は、父皇帝の死後、祖母の皇太后が権力を強めており、下手をすれば、自分はお飾りの皇帝になる可能性もあった。

対抗するための力を結婚で得られればいいが、それだと子どもができない可能性が高い。女性を前にすると、萎えてしまう己の欲望は、権力闘争以上に切実だった。

そんなあれこれを戦々恐々と悩みながら、戴冠式の準備を進めていたときだ。寺院騎士団の仲間だったラドクリフに頼みごとをしたところ、たまたまルイスの話が出て知ったのだ。

ルイスがまだ独身でいるという事実を。

突然、ルイスが寺院騎士団を辞めたとき、故郷で結婚したためだという噂がまことしやかに流れていた。

辺境伯の跡取り娘だとわかってからは、彼女は故郷で婿をとるのだろうし、友だちなのだから自分はそれを祝福してやらなくてはならないと思っていた。

なのに、自分になにも言わずに結婚したなんてと、半ばふて腐れた気持ちもあり、半ば彼女の結婚を認めたくない気持ちとが渦巻いて、そのまま、ルイスから報告があるまでは祝いの品も贈るまいと意固地になっていた。

もしかしたら、自分はルイスのことが格別、好きかもしれない。そう思うこともあったが、その感情は友情なのだと自分に言い聞かせていた。自分が女性を好きになるなんてありえないと、心に歯止めをかけていたのだ。

同じ班のルイスが抜けたことで、ジェラルドはしばらく休みがとれないほど忙しかったから、任務をこなすことで考えないように過ごしていた。

親友だと思うなら、彼女の結婚を素直に祝うべきだ。なのに、祝福の手紙を書こうとすると、どす黒い感情が湧き起こってきて、書けなかった。書けないまま、自分の感情も見ない振りをするままに、時間が流れしまった。

距離を隔ててしまうと、どうしてもやりとりには時間がかかるし、直接会って話すのは難しい。

会わないでいた約一年半の月日は、ジェラルドにしてみれば、あっというまだったのだ。

（結婚は確かにしていなかったが子どもがいたなんて……）

ショックじゃなかったと言えば嘘になる。ルイスが自分の知らないところで誰かのものになっていたなんて、とぐつぐつと煮えたぎった感情が噴きだしそうになるが、子どもにはなんの罪もないとわかってもいた。

（もし、ルイスの配偶者が生きていたなら……あきらめるしかなかっただろうが……）

略奪愛という言葉が浮かんで、さすがにそれはどうだろうと即座に考えを消した。

ただ、ルイスはジェラルドにとって、抱くことができる女性というだけでなく、皇后にふさわしい相手でもあった。

ルイス自身は、自分は皇后になれる身分ではないと言うが、父親の辺境伯ヘンドリック・バランタインは選帝侯でもある。

選帝侯とは、皇帝を選ぶ権利を持つ王侯貴族のことで、爵位とは別に特別な地位を持つ。

伯爵令嬢では皇后にふさわしくないと言われるかもしれないが、絶対に無理と言うほど低い身分ではない。

ジェラルドとしては、それだけで十分だった。

なにせ、ジェラルドはルイスのことが好きなのだから、ちょっとした問題なら乗り越えてみせるつもりだった。

（急使を出して指示を仰いでいたら間に合わないからと、軍を動かす広範な権限を与えたのが辺境伯のはじまりと言うが……）

そんな歴史が納得させられるほど、辺境は帝都から遠い。実際に、自分でやってきて、その距離を実感した。

ほかの選帝侯を回ってから来たのもあるが、辺境に来るまで帝都から一週間以上かかった。途中で馬を取り替えて、急使と同じ扱いの強行軍で来て、これなのだ。普通に帰郷しようと思うと、もっと時間がかかるに違いなかった。

（こんなに遠くなければ、もっと早くルイスに会いに来たのに……）

言い訳がましく、自分の過去の意固地さを呪ってしまう。

エーヴェルは帝都を挟んでさらに遠い。寺院騎士団にいたころ、ルイスが滅多《めった》に里帰りしなかった理由がいまさらながらよくわかる。

ほんの少し前まで、女性は婚家へ嫁ぐと、二度と実家に戻ってこないと言われていた。それは、婚家でしあわせになるようにとの、験担《げんかつ》ぎの意味もあったが、実際には遠くに嫁いだ場合、里帰りが難しかったからに違いない。

ジェラルドが物思いに耽《ふけ》って言葉を途切れさせたからだろう。ルイスは考え考えと言った弱い調子で反論してきた。

「でも、エディは……子どもは辺境伯の跡取りで……まだ小さいんだもの。わたし、エディを置いてはいけない。父だってこんな結婚、絶対に認めないと思うわ」

「皇帝の命令でも?」

わざと権力をちらつかせるようにもったいぶった声で言うと、ルイスはまたうっと言葉を詰まらせた。

変な話だが、ルイスがとまどってくれると、ジェラルドとしては気持ちに余裕が出て、話が進めやすい。

「ルイスが求める結婚の条件は、ヘンドリックの許可と子どものことだけか?」

宮廷で臣下を相手にしているときのような尊大な物言いで言う。

ある意味、ルイスが出すどんな要望も呑んでみせるという宣言のつもりだった。

「え?」

ルイスにしてみれば、子どものことを持ち出したのは遠回しな断りのつもりだったのだろう。明らかに思っていたのと話が違うほうに転がっていったときの、とまどう顔を見せた。

「ひとまず、ヘンドリックに関しては私が直接、話をする。それから子ども……エディといったか? あの子は一緒に帝都に連れてくればいい」

正直に言えば、子どもがいたのは完全に想定外のことだったが、子どもひとりの育児や教育なんて、ジェラルドにしてみればささいな問題だ。

(子どものことをこんなに気にするなんて、ルイスは母親になったんだな……)

その父親に嫉妬する気持ちは残っていても、ルイスの子どもなのだ。できるかぎりのことはしてやりたいと思う。

「将来の辺境伯になる子なのだから、悪い話ではないだろう。帝都なら最高の家庭教師をつけてやることもできるし、宮廷との関わりも持てる。伯爵位を継いだときには、そういった貴族同士の繋がりが必ず役に立つはずだ」

もっともらしいことを言ったが、これは本当のことだ。辺境伯といえども、選帝侯の資格も持つ以上、宮廷とは無縁ではないし、親しい貴族のひとりもないと、のちのち苦労するはずだった。

ちょうどいま、ジェラルドが突然、皇帝になるという苦境に立たされているときに、寺院騎士団で知り合った貴族が助けてくれているように、顔を繋いでおくことは自分の地位を守るのに欠かせない処世術なのだ。

ルイスがなにを言ったとしても、ジェラルドは要望を呑むつもりでいる――そんな覚悟は彼女にも伝わったのだろう。ルイスは反論する材料を探して、視線を彷徨《さまよ》わせた。

「それは……そうかもしれないけど……でも」

ルイスが迷っているのは手にとるようにわかるのだが、同時に拒絶されていないようにも思う。

（それともこれは……自分がルイスに嫌われたくないから、都合よく受けとっているだけなのだろうか？）

そんなふうにも考えられるが、もう一押しすれば、うなずいてくれそうな気配をひしひしと感じるのだった。

(ルイスの迷いの原因は……子どもだけではないのか?)

どんな言葉を尽くせば、彼女の心を落とせるのか。

ジェラルドは以前から、いつもいつもルイスの気を引こうとして四六時中、考えていたのに、結局はわからなかった。

帝都では、女性にかぎらず、皇太子のジェラルドはいつも人から話しかけられる生活に慣れていた。

受け答えは得意なのに、自分から相手の関心を誘うのがどうも苦手だ。特にルイスが相手のときは、いつもうまくいかないように感じてしまう。

「……子どもを残すことが、フレイムランス帝国皇帝の第一の義務だというなら、わたしはジェラルドの子どもを産めば、辺境に帰れるの?」

またしても、考え考えと言った調子で言われた言葉に、ジェラルドは痛いところを突かれた。

(子どもを為すのは確かに必要だ……でも私は、ルイスにもずっとずっと帝都で側にいてほしい……)

腹の底ではそんな本音が渦巻いていたが、ジェラルドはあえて何気なく答えた。

「そうだな……もしルイスが、辺境に戻りたいというなら、その条件で帰っても構わない」

そう言うと、ルイスは明らかにほっとした顔をしていた。

(帝都まで連れて行けば、あとはどうとでもなる……ルイスはもう私の妻になるのだから、絶対に手放したりしない)

そばにいてくれさえすれば、ふたりの間にあるさまざまな問題――子どもの父親への激しい嫉妬や自分のことを特別に想ってほしいという葛藤《かっとう》になんらかの答えが出せるのではないかと、漠然とした期待を抱いていた。

ルイスが気に懸けるなら、辺境伯になる子ども――エディを愛するつもりでいたし、最高水準の教育を授ける手配も忘れないようにしようと心に留める。

(ああ、でも……そうだな)

自分が女嫌いになった性教育だけは、子どもからは遠ざけておこうと、ジェラルドは心のなかでひそかに誓ったのだった。

第三章　子連れ結婚でもいいですか？

馬車に揺られて帝都に向かう間、ルイスは亡くなった母親のことを思いだしていた。

辺境に嫁いでやってきたルイスの母親は帝都の生まれで、婚家があまりにも僻地《へきち》なのでびっくりしたとよく話してくれた。

少し離れたところにある街まで出れば、隣国からの珍しい品物も手に入るのだが、帝都に慣れた身には侘《わ》びしい暮らしに見えたはずだ。

（お母さまは、どんな気持ちで嫁いできたのかしら……）

遠く離れて旅するうちに、母親はこんな気持ちだったのだろうかと思うことが何度かあった。

ひとつ丘を越えるたびに、故郷が遠くなっていく。

ルイスが知るかぎり、辺境に来てから母親が里帰りした覚えはない。

嫁いできたらそれっきり。実家とは時候の手紙のやりとりをしていたくらいだ。

（友だちとも離れてひとりでやってきて……お母さまは淋しくなかった？）

空を見上げて、もういない母親に問いかける。

記憶のなかの母親はいつも笑顔を浮かべていて、いまのルイスにはその答えはわからなかった。

†　†　†

馬車に揺られて、船で河を下り、また馬を変えて馬車に乗り——普通なら十日かかる道のりを七日間で駆け抜け、帝都に着いた。

道中は安全のために紋章のない馬車にしていたが、帝都の近くの街で赤眼の黒竜の紋章がついた六頭立ての大きな箱馬車に乗り換える。

六頭立ての馬車に乗るのは皇帝だけの特権なのだという。

街の大路を馬車が走ると、車窓から帝都に住む人々が手を振る姿が見えた。

しばらく街を走ったあとで、衛兵が守る城門を抜け、ようやく旅の最終目的地、帝都の宮殿に辿《たど》り着《つ》いたのだった。

「ルイス、手を」

長時間、馬車に揺られたせいだろう。平衡《へいこう》感覚がおかしくなったルイスは、ジェラルドに手をとられてふらふらと馬車の外に出た。

エドワードは眠っているところを起こされて、腕のなかで少しだけぐずっている。

自分で歩きたがっているのはわかっていたが、いま子どもを手から離すのは怖かった。

正直に言えば、エディを抱いていることで、どうにかルイスは気持ちを奮《ふる》い立たせているのだ。

（これが……フレイムランス帝国の皇帝の居城……）

初めて見る広大な城に、ルイスは茫然と立ち尽くすしかなかった。

双塔を抱く白亜の城が、優美な庭園を従えてルイスの前に聳《そび》え立《た》っている。

重厚さと近代的な印象を併せ持つ城は、正面玄関から屋根までを貫く特徴的な二重螺旋《らせん》階段があり、ガラスの丸天井が燦《きら》めいていた。

馬寄の前には階段があり、巨大な玄関を槍兵が守っているところは、まるで中世に戻ったかのような気にもさせられる。

振り返れば、いま馬車で上ってきた庭園を横切る道の向こうに、帝都の華麗な街並みが広がっていた。田舎にはない高い建物が建ち並ぶさらに先には、巨大な河と近代的な鉄橋が見える。どきどきした。

こんな都会に来たのは初めてで、しかもルイスが見たこともない装飾的な城に、怖《お》じ気《け》づいてしまう。

（か、帰りたい……いますぐ辺境に戻って引きこもって暮らしたい……）

剣を持つ敵が襲いかかってきたというなら、ルイスは剣を持って勇敢に戦える。

でも、いまルイスの前に待ち受けているものは、これまで学んできたことがまったく役に立たない戦いだ。そう思うと、自分でも驚くほど足がすくんでしまって、足を踏みだすことができない。

ルイスが身じろぎひとつせず固まっているのを、疲れたからだと思ったのだろう。

「ルイス、エディは私が抱いていくよ」

ジェラルドは気軽にそう言って、子どもを抱きあげた。

「あ……ありがとう、ジェラルド……こ、皇帝陛下」

不意打ちのように、ジェラルドがエディに近づいてくると、どきりとしてしまう。人目があるところでは気をつけなくてはと思い、ルイスは慌てて名前のあとに『皇帝陛下』と付け足した。

ジェラルドはむずがる子どもを片手で軽々と抱きあげて、もう片方の手をルイスに差しのべる余裕まである。

皇帝のための装飾的な軍服を纏った姿で目を擦る子どもを抱くと、なんだか妙におかしい。

(似合わない……似合わないけど、似合っているから余計におかしい……)

緊張しているせいだろう。一度、笑いのツボにはまると、皇帝と不機嫌そうな子どもとの落差に笑いがこみあげそうになってきた。

「なんだ、ルイス。私がエディを抱いてる姿がそんなに変なのか？」

「い、いえ……そんなことは」

心外だとばかりに半眼で睨みつけられても、含み笑いが漏れていた。

(ジェラルドは……エディといるのが好きなのかしら……)

ふたりが視線を合わせたときの空気が、なんとも言葉にしがたいほど、親密な気配を漂わせていて、ルイスは胸の奥がぎゅっと苦しくなる気がした。

実を言えば、馬車で移動している間、エディとジェラルドはずいぶん仲よくなっていた。

初めこそ、小さな子どもを相手にすることにおっかなびっくりだったジェラルドだが、子どものほうから膝の上に乗ってくると、次第に慣れてきて、幼子という生き物が案外、ガラス細工ほどには脆《もろ》くないとわかってきたらしい。次第に、楽しそうに遊ぶようになっていた。

しかも、

「あーエドワード……いや、エディ。私のことは今後、パパと呼びなさい。私は君の父親になるのだからね」

頬を赤らめて、そんなことを子どもに言い聞かせているところを見ると、子どもの父親になること自体はまんざらでもないらしい。(女性以外には)面倒見のいいジェラルドは、ルイスが予想していた以上に子どもと辛抱強く向き合っていた。

「……パパぁ……パパ?」

最近、簡単な言葉を話すようになっていたエディは、その初めて聞く言葉を不思議そうに舌で転がして発音する。

（本当は……ジェラルドはエディの本当のパパなの……）

複雑な気持ちでふたりのやりとりを眺めていたルイスは、自分たちの姿をほかの人たちが見ていることに気づいていなかった。

パン、と火薬が弾ける音とともに強い光が走る。稲妻《いなずま》のような光の痕跡を残すように、煙が風にたなびいた。

風変わりな機械音がしたが、ルイスにはそれがなんなのかよくわからずにいると、

「おい、スクープだぞ！　急げ！」

ハンチングハットを被った見知らぬ青年が、大きな機材を抱えて、慌てて逃げていく。

あとから知ったことだが、稲妻のような光はフラッシュと言って、写真を撮るための機材らしい。写真機やフラッシュのように重たそうな機材を城のなかにまで持ちこんで、ご苦労なことだ。

「あ、こら待て！　おまえたち、どこから入りこんだ」

衛兵が慌てて声を張り上げているところを見ると、正規に城を訪ねてきたものたちではないらしい。

（いったい、こののどかさはなんだろう……）

戦いとは無縁の帝都の空気に、辺境との隔絶を感じてしまう。

ルイスは写真を撮られたことに気づかないまま、宮殿の玄関へと招き入れられた。

天井の高いエントランスには、巨大なシャンデリアが下がり、装飾的な双階段が美しい。

「もう少し奥まで馬車をつけたほうが楽なんだが、せっかくだから少し宮殿を案内しよう」

ジェラルドはそう言って、お仕着せを着た使用人にうなずいた。

宮殿にはいくつもの建物があり、それらが渡り廊下で繋がっているらしい。

踊り場に出るたびに「こちらは右翼棟に繋がっております」とか「こちらは大広間がございます」などと説明されたのだが、あまりにも数が多くて、全然頭に入ってこなかった。

何度も角を曲がるうちに、どの方向に城門があるのかすらわからなくなったころ、ようやく華麗な応接間に通された。

優美なシャンデリアに装飾窓。飾ってある肖像画は歴代の皇族だろうか。みな綺麗な銀髪の持ち主ばかりが盛装で描かれている。

「ルイスとエディは、ひとまず、こちらの客間を使ってくれ。部屋を用意させているんだが、まだ改装が終わっていなくてね……用意した部屋は奥まった場所にあるし、当座は式典もあるから、ここのほうが便利だと思う」

ジェラルドはそう言って、ルイスをエスコートするように部屋の中心へと連れて行く。

客間だと言われたが、テラス付きの明るく豪勢《ごうせい》な部屋だ。

賓客を迎えるための応接間だと思ったら、客間には必ず、このような応接間がついているのだという。続きの部屋が四部屋もあり、ひとつはルイスが、もうひとつはエディとアネッサに使ってもらっても、まだ残りがある。

ルイスが唖然《あぜん》としていると、ジェラルドは呼び鈴を鳴らして人を呼んだ。

すぐに厳しさを体現したかのような、暗色のお仕着せのドレスを着た恰幅《かっぷく》のいい女性が現れた。その背後にはブリムを頭につけた侍女がふたり控えている。

「ルイス、彼女はここの女官長のテレジアだ。私の母に長年仕えてくれて、信頼できる人だから、怯えなくていい。エディのことはいままでどおり、アネッサが中心で見るにしても、身の回りのことをする、宮殿に慣れた侍女がいるだろう。当面、女官長と誰かで、こちらの部屋に詰めるようにしてもらおうか」

「かしこまりました。では、このふたりに交替で詰めてもらうようにします。エマとセシルです。乳母の手配はもう不要のようですね」

「あ、はい。だ、大丈夫です。ありがとうございます」

知らない場所に来たばかりで、まだ自分の置かれている立場が理解できないルイスは、ただうなずくしかなかった。

エディにはまだ授乳しているが、離乳食も食べる。子育てに慣れた叔母から、あまり早くに授乳をやめないほうがいいと助言されていたので、言われたとおりにしていた。

エディはといえば、まだジェラルドに抱っこされたまま、目をきょろきょろとさせている。

この部屋のなかで、どこなら隠れんぼうができるだろうと考えているのかもしれない。最近、狭いところに入りこむのがお気に入りの遊びになっていたからだ。

（はぁ、それにしても、ジェラルドに抱っこされても泣かなくなってしまった……）

引き合わせたばかりのころは、ジェラルドと機嫌よく遊んでいても、ぐずってくるとルイスのほうに抱かれたがっていたのに、いまはジェラルドが少しくらい危うい抱き方をしていても、それもお遊びだと思っている節がある。

馬車と舟を使って移動してきた間に、ふたりはずいぶんと仲よくなった。

背が高いジェラルドの上のほうが見晴らしがいいと見えて、外にいるときには、畏れ多くも皇帝陛下に肩車を強請《ねだ》るようになってしまった。

（子どものやることとはいえ、あれを人前で言い出したらどうしよう……）

不敬だと処罰されないかと思うと、冷や冷やしてしまう。

それでいて、ルイス自身も、辺境から帝都に向かう間に、すっかりジェラルドと昔の調子を取り戻していたから、エディのことばかり言えない。

強行軍の移動だったが、人目を気にしないですんだせいだろう。途中の休憩では、まるでピクニックをしているような気分になることもあった。

（ジェラルドとエディとわたしとでバスケットを囲んで、エディの食べこぼしに一喜一憂したりして……）

──楽しかったなぁ……。

道すがら、ジェラルドはエディとよく遊んでくれて、「じゃあこれは男同士の秘密だぞ」なんてルイスをのけものにすることさえあった。

まだ状況がわかっていないエディは、ときおり、ジェラルドのことを「おじさん」などと呼んで彼をがっかりさせることもあったが、それでも、お気に入りのテディベアをジェラルドに触らせていたくらいだから、ジェラルドのことは嫌いではないらしい。時間が経《た》つにつれ、打ち解けて、よそよそしさがなくなっていった。

丘の上で三人で過ごした時間は、まるで本当の親子みたいで、ルイスはほんの少しだけ、旅路がもう少し長ければよかったのになんて考えてしまった。

(多分、ジェラルドはエディに気を遣ってくれてるだけだと思うんだけど……)

それ以上に親しく見えてしまうのは、必要以上にルイスが気にしすぎなのだろう。そうだと思いたい。

しかし、ふたりが一緒にいるところを見ると、エディが妙にジェラルドに懐《なつ》いてる気がして、冷や冷やしてしまうのも事実だった。

エディの教育のためには、確かに帝都で皇族の庇護を受けたほうがいい。それはジェラルドの言うとおりだろう。

(でも、こんな慣れないところで暮らしていけるかしら)

エディ以上に自分が不安になった、ルイスは、ごくりと生唾を呑みこんで、部屋の大きなシャンデリアを眺めた。

自分が暮らす部屋だと言われても、ぴんと来ない豪華さだ。ルイスはすっかりと気後れしていた。

(それに……)

ちらりとルイスはバルコニー窓に目を向けた。

大きな窓からテラスに出れば、庭へと降りられる階段がついている。その庭に、人が自由に入れるのかどうか、どうしても気になってしまう。

先帝が亡くなったときの噂が、まだ気になっていたのだ。

「あ、あの……ジェラルド。この宮殿のなかってさっきみたいに誰でも入れるものなのかしら?」

宮殿の入口で人が待ち構えていたことを思いだして、ルイスは急に不安になっていた。

ルイスひとりなら、まだいい。必要最低限の身は守れるかもしれない。でも、エディはまだ小さいから、なにかあったらルイスが守ってやらなければいけない。

ただでさえ、好奇心が旺盛《おうせい》な子なのだ。

ちょっと目を離した隙にどこに行くかわからない。

ひとりになったときに危険な目に遭ったらどうしようと、想像力が逞《たくま》しくなってしまう。

そんなルイスの怯えに気づいたのかどうか。ジェラルドはまだぎこちない手つきでエディを抱いたまま、微笑《ほほえ》んでみせた。

「この前庭には新聞記者たちは入ってこられない。ここは私が招いた客を泊めるための客室棟で、いまは君たちのほかに泊まっている貴族はいないんだが……でも、戴冠式の前には、どこの客室棟も人が増えるから、ここの庭ではゆっくり遊べないかもしれないな」

やっぱり庭はダメなのか、とルイスはがっかりしてしまった。

（エディをどこで遊ばせよう……部屋のなかも十分広いけど、子どもが遊ぶようなおもちゃは持ってこなかったし……）

部屋のなかは美しく整えられているが、その分、生活に必要なものが欠けているように見えた。

ルイス自身のものはまだ我慢できる。しかし、小さな子どもに必要なものはいま欲しい。必要最低限の荷物以外、荷造りしている余裕もなかったから、絵本ひとつ持っていないのだ。叔母とヘンドリックが、あとから必要なものは送ってくれると請け負ってくれたが、いまエディの手元にあるのは肌身離さず持ち歩いてる黒毛のテディベアだけだった。

「あの、ね……子ども用の絵本とか、ベッドとか……それに着替えももっと必要だし、おもちゃも全部置いてきてしまったの。そういうのってどこかに買いに行けるのかしら？」

こんなに要望ばかりしてはしたないだろうかとも思ったが、気持ちが逸《はや》るにつれ、だんだん早口になってしまった。

あるいは、旅路の楽しさとは別に、無事に帝都まで辿り着いてほっとしているのかもしれない。旅している間、好奇心旺盛なエディは初めて見る風景にはしゃいで、どちらかというと機嫌よくしていたが、終日馬車に乗っているときはぐずることも多かった。

やはり、小さな子どもの体には負担が大きかっただろうし、今日はゆっくりと休ませてあげられると思うと、ルイス自身も、ほっとしてしまうのだった。

「子ども用の絵本……そうか、エディが読むような本は図書室にはないかもしれないな」

頭脳明晰《めいせき》なジェラルドだが、さすがにそこまで気が回らなかったらしい。

うとうとしているエディの顔をのぞきこんだジェラルドは、珍しく弱り顔になっていた。そこにさっと、助け舟を出したのは女官長だ。

「皇帝陛下が幼少のみぎりに読まれていた絵本やおもちゃなら、とってあるかと存じます。探して、あとでこちらにお持ちしましょう」

「ジェラルドの子どものころ？」

ルイスよりも背が高く、肩幅のある青年を思わず見てしまった。

（子どものジェラルド……想像がつかないけど、ちょっとだけ見てみたかった……）

まだ女嫌いではないかもしれないが、いまと同じように利発な少年だったのではないか。

そんなことを想像して口元がゆるんでしまう。しかし、次の女官長の言葉を聞いて、一気に妄想から現実に引き戻された。

「そうですね、そちらのお子と同じ年頃のころは、やっぱり銀髪を短く切りそろえてらして、天使のように、大変、愛らしゅうございましたね。いまではもう面影もありませんが」

どきり、とした。

皇帝を子ども扱いするなんて大胆な、と思うと同時に、この女官長がまるでエディとジェラルドの顔を見比べて話しているような気がしたからだ。

同じ髪の色だと指摘されただけなのに、驚くほど心臓が鼓動を早めてしまう。

「天使みたいなジェラルドなんて……ちょっと想像がつかないわ。あの、貸して」

不安を覚えたルイスは、ジェラルドからエディをとりあげた。まるで、エディを抱いていなければ、ふたりの顔立ちが似通っていることに気づかれないかもしれないと、ささやかな期待をするかのように。

そんなエディの様子を女官長がじっと見ている気がするのは、ルイスの思いこみに過ぎないのだ。そのはずだ。あるいは、子どもに必要なものがほかにないかと、考えを巡らせてくれているのだろう。

「どうやら子ども用のベッドを先に用意させたほうがよさそうですね。お客さま用のものがあるはずですので、少々お待ちください。絵本とおもちゃは明日でもよろしゅうございますか？」

女官長はルイスに許可を求めたあとで、背後にいた侍女のひとりに「エマ、手はずをお願い」とすばやくを指示を出した。侍女は体がかがみこむ礼をすると、部屋から姿を消す。しばらくしてすぐ戻っていたところを見ると、部屋の扉のところにも人が控えているようだ。

目に見えているより、ずっと多くの使用人が自分の周りにいるのだと、いまさらながら気づかされた。

(使用人と……護衛もかしら?)

ちらりと直立する兵士にも、ルイスは目を向けた。金の地に赤眼の黒竜の紋章は、近衛兵の証だ。辺境にもジェラルドと一緒に来ていたし、騎士団でも憧れている人が多かったから、ルイスもよく知っていた。

「ああ、ルイス。皇族には護衛をつけることになっている。ルイスとエディにも、人がついていることに慣れてもらう必要があるだろう。近衛兵のように、見た目でそれとわかる兵士ではなくて、影のように一緒について行動する護衛もいる。ガラハドに連れてきてもらうから、あとで紹介しよう」

ジェラルドはそう言って、いまは窓際と扉の近くに控えている近衛兵に合図した。

護衛がつくと聞いて、ルイスはほっと胸を撫《な》で下ろした。

もちろん、見知らぬ人に四六時中ついて回られるのは大変だろうが、それ以上にいまは、エディの安全のほうが気になる。

（万が一……万が一、エディが本当はジェラルドの子どもだと知られたら……）

それはやっぱり危険なことなのかもしれないと、この華麗な宮殿に来て、漠然とした不安を抱いていたからだ。

思わず、ぎゅっとエディを抱きしめていると、ぽん、と肩に温かい手が置かれた。

「ルイス、疲れただろう。ひとまずお茶でも飲もうか。その間に食事を用意させるから」

そう言いながら、ジェラルドはルイスの赤い髪にさっとキスをした。

なにげない愛情表現に、かぁっと頬が熱くなる。

はっと顔を上げると、女官長や侍女たちが驚いた顔をしてルイスを見ていた。不謹慎にも、護衛のひとりが「ひゅーう」と冷やかすような口笛を鳴らす。

（ひ、人に……見られた……いまの……！）

ルイスは真っ赤になったまま、あわあわとその場に固まってしまった。

どうやら、ジェラルドは新婚というのは、こういうちょっとしたスキンシップをするものだと思っているらしい。移動している最中にも、たびたび甘ったるいキスをしてくることがあった。しかも、

――『早く辺境に戻りたいなら、子どもを作る必要があるだろう？』

などとルイスの要望を逆手にとって、旅先の宿でも求められてしまったのだ。

どこかしら騙《だま》されているような気もしたが、ジェラルドがやけに、にこにことうれしそうな

顔をして迫ってくるから断れなくて、一度だけ抱かれてしまった。

（旅程の間だから、あれでも遠慮してくれていたのだとしたら、もしかして、これから毎日ジェラルドは夜ここに来るのかしら……）

想像してしまうと、戦々恐々《せんせんきょうきょう》としている自分と、ほんのわずかだけ期待している自分とが、心のなかで争った。

本音を言えば、期待している自分のほうが勝っているかもしれない。

（やっぱりわたし……ジェラルドのことがすごく好き……みたい……）

自分で自分の気持ちを再確認してしまい、感情を持て余しそうになってしまう。

彼に会えてうれしいし、ジェラルドとエディが仲よくなったのもうれしい。

よろこびや期待と不安や緊張とが、ルイスのなかで忙しく入れ替わって、自分でも感情の収拾がつかなかった。妊娠していたときのように気持ちが不安定になって、周りに当たり散らしたくなるときもあるのに、ジェラルドにやさしくされると、暴れていた感情がふしゅうっと空気の抜けた風船みたいになってしまう。

ルイスがぎゅうぎゅうと抱きしめたからだろうか。エディが不意に目を覚ましたようだ。

「ママ？　ママ……ここどこ？　んと……アネッサは？」

寝惚《ねぼ》けた声をあげた。どうやら、うとうとしているうちに、宮殿に到着したことを忘れてしまったらしい。まだ眠たげな目蓋《まぶた》を擦って、不思議そうに部屋のなかと見慣れない人々を眺めて、小首を傾げている。その仕種のあまりの愛らしさに、親バカながら、キスの雨を降らせたくなってしまう。

「ここは帝都の宮殿のなかよ。今日からエディとママはここで暮らすの。アネッサは……そういえばアネッサは向こうの部屋を用意してくると言ったまま、顔を出してないわね？」

荷物整理をすると言っても、大した荷物はなかったはずだ。

「もうエディのベッドを持ってきてもらったのかしら？　それとも……」

別室を見に行こうとする侍女を制して、ルイスはエディを抱き直しながら立ちあがった。

広い居間を横切って子ども部屋をのぞくと、ルイスが予想したとおり、アネッサはベッドに倒れこむようにして寝息を立てていた。

「アネッサ……？　アネッサもおねむなの？」

「そうなの。今日、アネッサは早朝から色々頑張ってくれていたから疲れてしまったのね」

侍女としては失格かもしれないが、無理を言ってついてきてもらったのだ。怒る気にはなれなかった。辺境でさえ、エディの面倒を見るために奮闘してくれていたのに、初めて領地の外に出たアネッサは、見た目よりずっと疲れていたのだろう。

ルイスのあとをついてきたジェラルドも、肩越しに部屋をのぞきこんで、「あ」と小さく声をあげた。

護衛のひとりを呼んで、アネッサをベッドの上に抱きあげるように指示を出すのを聞いて、ひっそりと顔を背けて苦笑いしてしまう。

（もう……少しはましになったかと思えば、ジェラルドってば変わっていない）

本人からすると女嫌いというのは深刻なのだろうが、子どもじみた振る舞いにも思えて、つい笑いが零れた。

見た目だけは、皇帝らしくひときわ豪奢《ごうしゃ》な服装をしているのに、彼はルイスの知るジェラルドのままだ。それが懐かしくてうれしくて、なぜだかじわりと目頭が熱くなる。

そんな感傷的な気分になっているときに問われたからだろう。

「エディのベッドは今夜はほかの人に見てもらうか？　それともルイスの部屋に入れてもらおうか？」

ジェラルドの問いに対して、ルイスはこう問い返してしまった。

「でもジェラルドは、どこで寝るの？」

特に他意はなく訊ねたつもりだったのに、ジェラルドが一瞬妙な顔をしたから、一拍置いて我に返った。

（しまった……もしかしていまのは、一緒に寝ないのかと誘いかけたも同然だったのかも！）

「待って、違うの！　いまのは間違いです！　ここは客間でジェラルドは自分の部屋があるんだろうし！」

焦って言い訳すれば、逆に意図があったように聞こえてしまうことに気づく余裕すらない。

ジェラルドはニヤニヤと人の悪い笑みを浮かべて、ルイスの腰に手を回してきた。

「なるほど、初めて宮殿に来て心細いから、独り寝は嫌だとそういうことなら、素直に言えばいいのに」

すうっと耳元に顔を寄せられて、ぞくりと腰が抜けそうないい声で囁かれた。う、と言葉を詰まらせてしまったのは、ジェラルドの声に震えたせいなのか、本当に心細かったせいなのか。

(もしかしたら、両方かもしれない……)

「お、親子三人で……並んで寝る……の？」

おそるおそる、再提案してみる。

ルイスが使う寝室のベッドはふたりで寝ても大丈夫そうなほど広かった。隣に、幼児用のベッドを入れてもらえば、親子で眠れないことはない。

「今夜はそうなるかな？」

(でも、でも……夜中にエディが起きてしまうと、ジェラルドは明日の政務に支障があるかもしれない……)

断られるならそれでもいいと思いながら、期待が膨らんでいく。彼に迷惑はかけたくない。でも、一回くらいはそんなふうに親子で寝てみたい。そんな気持ちがせめぎ合う。

(エディが大きくなったときに、「お父さんと一緒に三人で寝たこともあるのよ」なんて言ってあげられたら……素敵なのに)

そんな夢を見てしまう。

そんな話をしているうちに柵付きの子ども用ベッドが運びこまれ、まるでルイスが夢見る新婚家庭のような寝室ができあがってしまった。

「はは……これはこれで新鮮な気分だな」

ジェラルドは笑って、「これでいいだろう？」と言わんばかりにルイスの髪を撫でる。

彼が義理の親子として、できるだけのことをエディにしてくれようとしているのは、痛いほど伝わってきた。思わず、胸がぎゅっと苦しくなる。

（あのね……本当はエディはね……ジェラルドの本当の子どもなの……）

衝動的にそう言いたくなるのを、ルイスはぐっと堪《こら》えた。

ガラハドに連れられてきた護衛が視界の隅に映る。

本当のことを告げるのが、ジェラルドやエディのためになるとはかぎらない。

ルイスは秘密を心に押し隠したまま、抱っこしたエディの髪を、ただただ撫で続けたのだった。

† † †

ルイスとエディの宮殿での生活は、慌ただしくはじまった。

ジェラルドが政務に向かう間に、まずエディに必要なものを揃《そろ》えてもらい、足りないものを帝都に買いに行く。

侍女と護衛に囲まれて連れてこられた店は、王室御用達《ごようたし》の店ばかりで、いつも使っているよりずいぶんと上等な服ばかりを勧められて困ってしまった。

ついでに――というより、侍女にしてみれば、こちらが本命だったのだろうが――ルイスのドレスも仕立てることになった。

「オーダーメードで作るには時間が足りませんから、既製品を仕立て直しましょう」

そう言って人生でかつてないほどの数のドレスを試着させられることになってしまった。

「ママ、それきれい。すごい！」

辺境では着たこともない、たくさんのフリルがついたドレスを纏ったルイスを見て、エディがうれしそうな声をあげる。ルイスがドレスにかかりきりになっている間、アネッサがエディの面倒を見てくれていたが、彼女も頬を紅潮させて、たくさんのドレスにはしゃいでいた。

アネッサは帝都に来るのは初めてで、少し興奮状態のようだ。エディと一緒に手放しに褒めてくれるのが、照れくさかった。

買い物以外にも、やることは次から次へとやってきた。

なにせ、ルイスは皇后教育なんて受けていないし、帝都の貴族にも疎《うと》い。

戴冠式まで三ヶ月。必要最低限の教養を身につけるためには、けっして十分な時間があるとは言えなかった。

ルイスに詰めこみ教育する間、エディにも幼児用の教育をする家庭教師がついた。

ルイスの教育係は、皇太后と親しいという年配の子爵夫人だったが、片眼鏡《モノクル》をつけた彼女はとても厳しくて、エディのもとに来たやさしそうな笑顔の青年と替えてくれないかと思ってしまったほどだ。

そんなふうに過ごして三日目のことだ。

今度、太皇太后《たいこうたいごう》と皇太后になるふたり——つまり、ジェラルドの祖母と母親とに謁見することにもなった。

ルイスが皇后になるとしたら、皇太后は太皇太后に、皇后は皇太后に呼称を変える。大変、ややこしい。これは誰が皇后になるにしても決定事項だからと、すでに宮廷内での呼び名は新しい身分で呼ぶようにとの触れまで出されていた。

帝都で既製品をお直ししたドレスができあがり、どうにか見た目だけは淑女らしく見えるようになってすぐのことだった。

「皇帝陛下、どういうことですか、これは。ご説明を」

パーティーでも開けそうな巨大な応接室で、ルイスはジェラルドとともに太皇太后の厳《いか》めしい顔に詰め寄られていた。

(うわ……あれが噂の女帝……本物を初めて見た！)

びくりと身を強張らせたルイスは、できればこの場からいなくなりたかった。

元皇太后――太皇太后は、先の皇帝が生きていた時代から宮廷においては強い発言権を持ち、影の女帝などと言われていた。貴族の末席に名を連ねるとは言え、宮廷とは無縁で生きてきたルイスでもそんな噂を聞いたことがある大物だ。

応接セットに座って対峙《たいじ》するにしても、女帝の威圧感はすさまじい。

そんな彼女がローテーブルに突きつけたのは新聞だった。白黒の写真が印刷されてあり、見出しには『若き皇帝と子連れ夫人の恋⁉』などと扇情的な言葉が踊っている。

いったいどんな記事になっているのか。

中身を確認するのは怖いが、自分が傷つくようなことが書いてあるなら、覚悟が決まっているうちに知っておきたい気もする。しかし、ルイスのささやかな興味だけで新聞を手にとって開けるような空気では、もちろんなかった。

「どういうこともなにも……その記事のとおりですね。ルイスにはすでに子どもがいますが、私は彼女と結婚することにしました。いえ、正確には帰城途中、グロースター大聖堂に立ち寄って、結婚の秘跡を授かってきましたから、彼女はすでに正式な私の妻なのです」

ジェラルドは女帝の怒りなどまるで意に介さない様子で、むしろ朗らかに告げた。

実はそうなのだ。

辺境から帝都まで強行軍で来たにもかかわらず、ジェラルドは途中で大聖堂に寄ると言い張った。彼が懇意にしている大司教がいるとかで、無理を言って宗教上の結婚式をすませてしまったのだ。

その事実を知った女帝は、怒りで顔色を真っ赤に染めた。

ふたりのやりとりだけで、お互いがどういう関係なのかがよくわかる。

ジェラルドを自分の意に従わせたい女帝と、自分のやり方を貫《つらぬ》こうとするジェラルドとの間で見えない火花が飛び散っているかのようだった。

(ど、どうしよう……わたし、とんでもない場違いなのでは)

謁見の場だから、当然のようにエディは連れてきていない。

アネッサと一緒に家庭教師と護衛に守られて遊んでいるはずだが、ずっと室内にいるので、エディは少しぐずっていた。

(エディを抱っこしているところを……写真に撮られてたなんて……)

まさか自分が新聞記事になる日が来るなんて、ルイスは夢にも思わなかった。ましてや、『子連れ夫人』などと言われるなんて。過去に戻って、騎士としての鍛錬《たんれん》をしていたときの自分に教えたとしても、絶対に信じないだろう。

それを思うと、子どもができたと伝えたときのヘンドリックの怒りがいまさらながら理解できる気がした。あれは、たんなる怒りではなく、まったく想定外の事態にパニックになっていたせいもあるのだろう。

ルイスがそんなことを考えている間も、女帝は怒りを露わにして、ジェラルドに叫んでいた。

「フレイムランス帝国の主たる皇帝が……そんな軽率なことを……ジェラルド、おまえはその女に騙《だま》されているのです！」

（騙されたのはむしろ、わたしのほうなんですが……）

とは思ったが、もちろん心のなかに収めるだけで、現実に口にはしなかった。

女帝のルイスに対する反応を知って、ショックを受けなかったかと言われれば嘘になる。

しかし、女帝が先に苛立ってくれたおかげで、ルイスは逆に冷静でいられた。

（それに、ジェラルドがずっと一緒にいてくれるから……大丈夫）

忙しいだろうに、夜は必ずルイスの部屋に顔を出してくれるから、同じ部屋に泊まっていくかどうかを聞くのが習慣になっていた。

初めて来た宮殿で、ジェラルドが気に懸けてくれることがどんなに心強いか。

ジェラルドがそこまでルイスとエディに気を遣ってくれるのだから、ルイスも少しは役に立ちたいと思えてくる。

だからルイスは、女帝の苛烈な言葉に身を縮めながらも、ジェラルドが応酬する様子をじっと観察していた。ここでは下手に自分が口を出さないほうがよさそうだと、空気を読んでのことだった。

「騙されてなどいません、お祖母《ばあ》さま。彼女との結婚は相談ではなく、決定事項です。今日はその報告をしているだけです」

「おまえは……いつから私に対してそのように生意気な口を聞くようになったのだ……！」

「もうずいぶん前からでしょう。それにいまは私が皇帝です。お祖母さまと意見が違ったとしても、私の考えを優先していただくには十分な理由ではありませんか」

言葉遣いだけは丁寧だったが、同席しているのが耐えがたいほど、ふたりのやりとりは激しい。

しかし、周囲はふたりの口論には慣れているようだ。侍女はすました顔でお茶を淹《い》れ、ローテーブルに並べているし、皇太后——つまりジェラルドの母親はにこにこと笑みを浮かべていて、ルイスと目が合うと小さく肩をすくめて見せた。

まるで、「この人たち、いつもこうなのよ」と言わんばかりだ。

彼女のその仕種《しぐさ》で気が楽になった。

（よかった……皇太后さまとはなんとかやっていけそう……）

自分が皇后という身分にふさわしいかどうかはさておき、ジェラルドの切実な告白を聞いて、無下に断れなかったのは事実だ。

友人としても、ルイスのなかに息吹《いぶ》く義侠心《ぎきょうしん》からしても、もし自分にできることがあるなら、できるだけジェラルドを助けてあげたいと思う気持ちがあった。

（切実というか、残念というか……）

彼の女嫌いがそこまでひどい症状だと思っていなかったルイスにしてみれば、寝耳に水のような告白だった。

確かに皇帝にしてみれば、結婚相手と子どもを作れるかどうかは大事なことだ。

おまけに、実際、ルイスとの間には子どもができたのだ。

――『ルイス、君は今日から私のものだ』

唐突に言われた命令は、ルイスにしてみれば突然やってきた暴風雨のようなものだったが、ジェラルドの選択そのものは間違っていない。

いまはルイスだけが、それを知っているのだった。

（子どもがいる事実を伝えたら、ジェラルドの気持ちも少しは楽になるのかしら……）

彼とエディが一緒にいるところを見ると、ルイスは自分のしていることが間違っている気がして、少しだけ憂鬱《ゆううつ》な気分になってしまう。

でも、一度うかつに口を滑らせてしまった嘘を、いまさらどう撤回すればいいのか。

――『この子の父親はそのぅ……そう、亡くなったの。死んでしまったの！』

（あんなこと……言うのではなかった……）

皇族にならないほうがエディのためになるはずだと思っていたはずなのに、ジェラルドと長くいると迷ってしまう。

ジェラルドがエディにここまでよくしてくれるなら、本当の子どもだと打ちあけたほうがいいのではないか。エディもジェラルドも、しあわせになれるのではないか。

そんなふうに思えてきて決心が揺らぐのだった。

男の子が生まれたことをよろこぶ父の顔もちらちら脳裡を過ぎる。

万が一、エディがジェラルドの子だとわかったら、父は自分の正当な後継ぎ——男児の後継ぎがいなくなってしまうことを悲しむのではないか。そう思うと、また真実を告げる言葉が、喉の奥に引っこんでしまうのだった。

(エディはジェラルドのことをどう思っているんだろう?)

物心つく前の子どもに聞くには難しすぎる問題だ。

ジェラルドがエディにやさしくしてくれるから、懐いているだけかもしれない。

(でも、家族になるにはそれで十分なのかも……)

ジェラルドがエディを気に懸けてくれて、ルイスもジェラルドのためにできることをしてあげる。

それだけで、このまま帝都で暮らしていい理由にも思えてくる。

(だってもし、エディがジェラルドと一緒に暮らしたいって言うなら……)

ルイスはこの、自分を否定する女帝とも戦う覚悟が持てる気がするのだった。

そんなルイスの気持ちに気づいたのかどうか、女帝はじろりとルイスを睨みつけながら言う。

「いいでしょう。では廷臣《ていしん》たちがなんと言うか聞いてみようではありませんか……ただし」

自分の険しい表情を隠すように扇を広げて立ちあがった女帝は、

「私はそんな結婚を一切認めませんよ」

挑戦的に言い放つと、すっとこの場から立ち去ってしまった。

その、なにもかもを拒絶する背中を、ルイスはただ茫然と見送るしかない。

女帝付きの侍女がふたり、ガウンの長い裾を整えながら一緒に去り、扉がパタンと閉まった音を聞いて、はーっとため息が漏れた。ずっと自分が息を詰めていたことに、いまさらながら気づく。

「ジェラルド……太皇太后さまにあんなことを言ってしまって大丈夫なの？　あの方はあなたのお祖母さまなのでしょう？」

家族との関係があんなに冷ややかでいいのだろうかと、自分に向けられた言葉を忘れて、心配になる。なのに、ジェラルドから返ってきたのは、淡々とした反応だけだった。

「ルイス。君は私とお祖母さまとどっちがいま国の上に立つと思ってるんだ……どちらにしても、お祖母さまとはずっと昔から決裂してる。こんな揉めごとは日常茶飯事だよ」

ジェラルドの淡々とした口調に、ルイスの胸はまた痛んだ。

ルイスも寺院騎士団にいたときは、父親と長く離れていたし、そのあとも子どもができたことで勘当状態ではあった。でも、ヘンドリックとの間にはずっと絆《きずな》があるように感じていたし、バランティン一族の結束力に守られ、叔母の屋敷で快適に暮らしていた。

だから、ルイスにとって祖母というのはとても近しい家族だと思っていたのに、ジェラルドは違うのだと思い知らされて、言葉にならない悲しみを覚えてしまう。

（わたしは……自分で思っているよりずっとジェラルドのことを知らないのだわ……）

思わず、隣り合って座るジェラルドの手に自分の手を重ねていた。

「……大丈夫だよ、ルイス」

自分は心配そうな顔をしていたのだろうか。ジェラルドが念を押すように微笑んで言う。単純だけれど、視線を合わせて言われると少しずつ気持ちが落ち着いてくる。

その様子が、傍《はた》から見ればふたりの世界を作っているように見えることなんて、ルイスは意識する余裕すらなかった。

コホンコホン、とわざとらしい咳払《せきばら》いの音に、はっと我に返る。

「ところで、ねぇ……その子どもというのは、いまどこにいるのかしら？　私に会わせてくださらない？」

皇太后はにっこりと笑って言う。

これまで部屋を支配していた剣呑《けんのん》とした空気からかけ離れたお願いをされ、驚きのあまり、ルイスは皇后という身分を意識することを忘れ、ぽかんと口を開けてしまった。

しばらくして、アネッサとともにやってきたエディは、華麗な応接室を見て、目を輝かせた。

「わぁぁあ……」

彼の小さな目がきらきらと輝くシャンデリアを捉え、次に組み上げた甲冑《かっちゅう》に向けられ、さらに壁に飾られた巨大な角《つの》を持つヘラジカの頭に向けられる。

庭で自由に遊べない不満がくすぶっていたエディは、新しい場所に来ただけで機嫌を直してくれたようだ。

エディのその無垢《むく》な好奇心に触れたとたん、ルイスの目にも、この応接室が厳《いか》めしい女帝が待ち構えていた断罪の場ではなく、突然、宝の山のように思えてくるから不思議だ。

アネッサから子どもを受けとり、そっと絨毯《じゅうたん》の上に下ろしてやる。

彼は、足下がふんわりと沈む高級そうな絨毯にも、ひどく感銘を受けているようだった。軽く屈んで伸び上がり、踏み心地を試すような仕種をする。

「エディ……エドワード・バランティンと申します、皇太后さま。ほら、エディ。この方は皇太后さまと言ってフレイムランス帝国ではとても偉い方なの。だから、ご挨拶なさい……ほら、ぺこり」

手を繋いで皇太后の前へと子どもを促しながら、言葉をかける。叔母から子どもにはまめに声をかけなさいと言われていたから、癖のように彼の行動を口にしてしまっていた。

好奇心に溢れた性格のせいか、物怖《ものお》じしない子だ。皇太后に向かって小さくお辞儀をする。

まだちゃんとした挨拶はできないから真似事めいているが、小さな子どもがすると独特の愛らしさがある。

「よろしい。よくできました、エディ」

エディがお辞儀をすると、親バカだと思いつつも、ルイスは誇らしい気持ちになる。彼の銀色の髪をかき混ぜるように撫でていた。

「まぁ……賢いこと。エディというのね。私はケーシーよ。あなたのお母さまの義理の母になります……えっとつまりね……ばぁばよ」

「ばぁば？」

「そう、ばぁばよ。よく言えました、エディ。よろしくね」

皇太后というより、ルイスの義母として挨拶してくれたということだろうか。

ケーシーは皇太后という身分にしては身軽に床に膝を突き、エディと目線を合わせて話しかけてくれていた。

しばらくうれしそうにエディの顔をじっとのぞきこみ、頬をぷにぷにしたり、簡単な言葉でやりとりしたあとで、ケーシーは神妙な声でルイスに訊ねたのだった。

「この子の父親は亡くなったということですが、それに間違いありませんね？」

「え……」

ふたりの楽しそうな空気に和んでいただけに、まったく意表を衝《つ》かれた。

女帝が剥きだしの敵意めいた嫌悪をルイスに向けていただけに、微笑みを向けてくれた皇太后を安易に信じすぎたのだろうかと、どきりとさせられる。

ルイスがとまどったのを、ケーシーはどういう意味だと受けとったのだろう。威厳をもう一度身に纏い、言葉を重ねた。

「詮索したくて言っているのじゃないの。そこは誤解しないでね……ただ、皇族というのはどうしてもさまざまな外敵から身を守らなくてはいけません」

すっと立ちあがり、貴婦人の綺麗に整えられた指先が、ローテーブルに置かれていた新聞を開く。無造作な動きに見えたのに、彼女は複数あるページのなかから目的の場所を一回で開いたらしい。

青いマニキュアを塗った爪が『子どもの父親は隣国人だという噂も』という強調された文字の見出しを捉えた。

「まさか！　こんなの……でっちあげです！」

今度はとっさに声が出た。怒りで目の前が真っ赤になるような錯覚に陥る。

皇太后の指差す下から、新聞をひったくるように奪いとり、ようやく記事の中身を確認する。

――『皇帝殿下のお相手はルイス・バランティン嬢。辺境伯の唯一の子で女相続人だというのに、皇后は務まるのか。しかも、未婚の子持ちとの噂。ルイス嬢は隣国との国境によく出かけていたとの話もあり、子どもの父親は隣国人だという噂も』

「国境に出かけていたって……当たり前でしょう！　寺院騎士団の任務だったんだから！」

それでなくても実家である辺境伯の居城も国境に近い。

近くの街は紛争があったのとは別に、隣国との貿易が盛んで、商人たちがたくさん行き来していた。

帝都の人間に比べれば、隣国というのはルイスにとって身近な場所なのだ。ある意味では、帝都そのものより馴染《なじ》みがあると言っていい。

「ルイス。この程度のことでいちいち怒りで理性を曇らせていては、ここでは身が持ちませんよ」

ぴしゃりとした口調で言われ、ルイスは冷や水を浴びせられた心地になった。ぐっ、と怒りを呑みこんで、言われたことを噛《か》みしめる。

（確かに……皇太后さまのおっしゃるとおりだ）

これまでルイスは新聞の記事を気楽に見る読者でしかなかったし、扇情的な内容が嘘であろうと真実であろうと気にしたこともなかった。

でも、いまは違う。

ただ、ジェラルドの側にいるだけでルイスもエドワードも見られる側になってしまったのだ。

「肝に銘じます……皇太后さま……」

はたして自分にできるだろうか。いや、やらなきゃいけないのだ。

ルイスが感情を荒ぶらせている間に、エディは皇太后の手でソファの上に座らされていた。

アネッサだけでなく、年配の侍女が微笑ましそうにエディがテディベアを抱っこする様子を眺めている。

（ジェラルドのためにも……エディのためにも）

エディの顔を見て、ルイスは少し冷静さを取り戻した。お腹のところに乗せた手をぎゅっと握りしめる。

「ジェラルドがお義母さまの薦める令嬢と結婚できたなら、話はもっとずっと簡単だったのでしょうけど……」

はぁ、と深いため息を吐くケーシーは、どうやらジェラルドが女性を前にすると勃たないのだと知っているらしい。

ルイスが確認するようにジェラルドと目を合わせると、小さくうなずき返された。

「ほかの女性とでは子どもができないということは、母には話してある。さすがに祖母にはできなかったが、ほかにも何人か信頼できる協力者には相談した。そうでないと、ルイスとの結婚に賛同が得られないからな」

確かに女帝のあの様子では、なにを話しても歩み寄ってくれるのは無理そうだ。年配者のなかには意固地になってしまう人がいるが、彼女はまさしくその典型のように見えた。対して、皇太后のほうはまだ話くらいは聞いてくれそうな気配を漂わせている。母親だからというだけでなく、その違いが相談しやすさを分けているようだった。

(ジェラルドにしてみれば、残念……じゃなくて深刻な問題だものね)

日常生活でさえ、なるべく女性を避けて暮らしていたのに、この整った見た目と権力で女性のほうから近寄ってくるのだ。ある意味、宝の持ち腐れとしか言いようがない。

しかし、ジェラルドなりに帝国皇帝の義務と自分の性癖との間で苦悩していたのだろう。

「しかし、その様子では……ジェラルド。このお嬢さんに対しては拒絶反応は出なかったということでよろしいですね?」

皇太后はジェラルドに向かって威厳のある物言いで問いかけた。

「ルイスとは以前から親しくしてましたから……近くにいて手を握っても、動悸《どうき》も悪寒《おかん》もしませんし、普通です。なんの問題もありません」

ジェラルドにとって女性とはそんなに恐怖の対象なのだろうか。

同情はするが、母親である皇太后はもっと複雑な気分だろう。眉間の皺を指先で伸ばしながら、またふう、とため息を吐いた。

「わかりました。あなたがそう言うなら、私はあなたの考えを支持します。わたしの父にも根回しをお願いしておきましょう」

この謁見の前から、ジェラルドの答えを想定していたのだろうか。皇太后はそう言うと、自分の侍女を近くに呼び寄せて、封蠟付きの書簡を手渡した。ルイスとエディの命運を託されたも同然の書簡を手に、侍女は一礼して、部屋を去っていく。

先ほどの女帝との確執だけでなく、もう宮廷の権力争いははじまっているのだと、思い知らされた気がした。

「ジェラルド、あなたは言うまでもないでしょうが……このお嬢さんにはまったくもって説明不足ですよ。ましてや、宮廷でこれからこのふたりを紹介するのですからね」

帝都の廷臣たちが並び揃う宮廷とは、いったいどんな怖ろしい場所なのか。

ルイスは先ほど、女帝が吐き捨てるように告げた言葉を思いだして、小さく身震いした。

――『では廷臣たちがなんと言うか聞いてみようではありませんか』

あれは、宮廷がルイスとエディを受け入れるのか諮《はか》ってごらんなさい、という意味ではなかったか。

「ルイス……」

ジェラルドはなにか言おうと口を開いて、でも適切な言葉が浮かばないとばかりにかぶりを振る。

心配してくれているのはわかるが、ルイスは大丈夫だ。少し心構えが足りなかったとは思うが、そんなにやわな自分ではない――そう言いたくて、微笑んで見せたつもりなのだが、ぎこちない微笑みになってしまったらしい。

ジェラルドの表情が気遣わしげに曇って、今度は言葉ではなく、行動で示された。

抱きしめられていた。背の高いジェラルドに埋まるようにして。

「頼むから、俺にルイスとエディのことを守らせてくれ……自分でどうにかしようなんて考えずに」

「ジェラルド……」

彼のこんな物言いは珍しい。なにかを悔やんで、もう取り戻せないものを取り戻そうと足掻くような、苦さを孕《はら》んだ声にどきりとさせられてしまう。

（ジェラルドはいったいなにを後悔しているの？）

いつか自分に話してくれるだろうか。

まだお互い、仮初めの夫婦めいた関係でしかないけれど、少しずつ距離が近づいているのだろうか。

ルイスとエディとジェラルドが日の光の下で笑って家族だと言える日が、いつか来てほしい。

ジェラルドの腕のなかでありえない未来を夢見てしまう。

いまはもう、ルイスの心のなかに、ただジェラルドに憧れていた淡い想いだけで終わらない感情がしっかりと根付いている。

（エディを守るためにも、ジェラルドの名誉のためにも……わたしがしっかりしなくちゃ！）

覚悟を決めたルイスはエディをソファから抱きあげて、ぎゅっと抱きしめた。

けれどもこのとき、ケーシーが思慮深そうな瞳でじっとエディを観察していたのを、ルイスが気づく余裕はなかった。

第四章　帝都はスキャンダルがお好き

ルイスが宮廷に出廷する日の朝。

宮殿に来てから習慣のようになっていた朝の食事をとっているとき、ジェラルドはいつになく、緊張した面持ちで言った。

「お祖母さまは多分、また色々言ってくると思うが……とりあえず耐えてくれ、ルイス。答えられないことは保留でも構わない。『いまは正確に答えられないので整理して次回お話しします』とでも言えば、ひとまずは問題ない。あとはこちらで議事を進行してしまうから」

ルイスの教育係の子爵夫人が側について、宮廷での所作や受け答えを補助してくれるというが、受け答えに関してはルイス自身で乗り越えなくてはならない。

「いまは正確に答えられないので整理して次回お話しします……わ、わかったわ」

ジェラルドの模範解答を繰り返して、ルイスはぎこちなく微笑んだ。

「ママ、どこかいくの？」

すぐそばでアネッサと遊んでいたエディが、ルイスの慌ただしい様子に気づいて問いかけてくる。こういう空気の変化には、意外と敏感なのだ。

「そうよ、ママ、ちょっと頑張ってくるから、エディはアネッサとお留守番していてね。アネッサ、あとから家庭教師の先生が来ると思うけど、エマとふたりでエディをお願いね」

いまは、エディのベッドは子ども部屋に移して、アネッサとエマ、そしてセシルの三人で交替で見てもらっている。

まだエディが夜泣きすることがあるので目が離せないが、面倒を見る手が増えたことで、アネッサも休憩がとれるようになったらしい。目に見えて血色がよくなってきた。

エマとセシルはルイスの髪を梳《と》かしたり、爪を整えたりといった細々としたこともやってくれるが、ドレスの着付けには女官長がさらに侍女を引き連れてやってくる予定だ。

居間の隅に置かれた大きな時計を見て、ルイスは慌てて手に持っていたパンを口に入れた。

朝の忙しさに慣れているジェラルドは余裕があるようで、給仕にもう一杯、お茶を頼んでいる。

こんな朝の光景も少しずつ慣れてきた。

「ルイス、行ってくる」

そういって、廊下までエディを抱っこしてルイスが見送りに出ると、ジェラルドは、必ずと言っていいほど、ルイスに行ってきますのキスをする。

ちゅっと軽いバードキスを落とされると、護衛のひとりが冷やかすような声をあげた。

（うっ、そういうの……恥ずかしいからやめてほしいんだけど……）

ルイスは真っ赤になっていたたまれない気持ちになるのに、子どもは違うらしい。

「パパ、ぼくも！　ぼくもする！」

そう言ってルイスの腕のなかで暴れるから、ジェラルドは一度エディを抱っこして、ちゅっとエディの額にキスするのが習慣のようになっていた。

「子どもって大人のやることをなんでも真似したいんだな」

なんて言いながら、ルイスの腕のなかにエディを返して、エディの銀髪をぐしゃぐしゃとかき混ぜる。乱雑な仕種だが、ジェラルドがむず痒い顔をしているところを見ると、どうやら照れ隠しなのだろう。

日に日に、ジェラルドのエディを見る目がやさしくなっていると思うのは、多分、気のせいじゃない。ふたりが仲よさそうにしているのを見ると、ルイスはつきん、と針で刺したように胸が痛くなる。

まるで自分のしていることが間違っている気がして、罪悪感が疼くのだ。

（子どもをジェラルドに産んであげれば、私とエディは辺境に帰れるかもしれないけど……）

そのときは、エディの弟を帝都にひとりで残すことになるのだろうか。あるいは、すぐに男の子が生まれるとはかぎらないかもしれない。その場合、女の子でもジェラルドの元に残すことになるのだろうか。今度、確認しておかなくては。

考えはじめるとキリがなくて、頭が痛くなってくる。

自分の宙ぶらりんの気持ちは、ジェラルドに要求した自分の希望が発端なのに、選択肢があることが少しだけ悩ましい。

（もし、ジェラルドから、わたしのことが好きだから側にいてほしいと言われたのだったら、断らなかったかもしれないのに……）

いまさらながら、そんな恨めしい気持ちが心の底で蠢《うごめ》いている。

嫌われてないとは思うが、それはルイスの考える好きとは違うはずだ。

素直に聞けばいいのかもしれない。「女は好きになれない」とはっきり言われたとしても、気持ちはすっきりするはずだ。

なのに、いまのままでもいいというずるい気持ちもあって、どうしても言い出せないのだった。

未来の皇帝になるかもしれないのと、いまのまま辺境伯を継ぐこと、と――。

（どちらがエディにとって、一番のしあわせなんだろう……）

辺境にいたときは、辺境伯を継がせるという選択肢しかなかったのに、いまになって迷いだしてしまった。

ルイス自身、辺境伯の後継ぎだという自覚があったし、婿養子をとるつもりでいたから、こんな環境の変化は完全に想定外だ。

しかも、望まれた結婚というわけでもない。太皇太后のように、強く反対する人もいる。

(もしお母さまが生きていたら、この結婚に賛成してくれたかしら?)

このところ、ルイスは亡くなった母親のことをよく考えるようになっていた。

母親からしてみれば、遠く辺境まで嫁いできたあげく、生まれた子どもは女の子で、しかもその出産が元で次子は望めないと言われて。

男の後継ぎを切望していた周囲は、どんなに落胆したことだろう。その落胆に母親も傷ついたのではないかと想像してしまう。

父親は、ルイスに対して公平であろうとしてくれていたが、男の子だったらよかったのにとは思っていたはずだ。

バランティン一族の跡継ぎ問題という、自分にまとわりつく亡霊のような感情に、エディを巻きこもうとしているだけなのではないか――そうも思うのに、エディをヘンドリックからとりあげたくない気持ちもある。

そもそも、自分の故郷を息子に継がせたいと思うのは、自然な感情ではないだろうか。

(いっそ、まだ辺境にいるうちに、エディの父親のことをお父さまには打ちあけてしまったほうがよかったのかもしれない……ああ、でも)

真面目なヘンドリックのことだ。もし、エディがジェラルドの子だと知れば、迷うことなくエディを帝都に向かわせただろう。

結局、どう転んでもルイスには、父親孝行ができそうにないのだった。

† † †

ルイスの懊悩《おうのう》とは関係なしに、時間になれば女官長がやってきて、湯浴《ゆあ》みをさせられ、着替えという名の戦闘がはじまる。

ルイスはけっして太っているほうではないが、コルセットを締めつけられるのは苦手だ。悲鳴をあげて締めつけられているところを見ると、「ママをいじめちゃだめ！」とエディが泣くから、アネッサと護衛に言って、別室に行ってもらった。

こういうときは家庭教師の青年にもそちらに行ってもらったほうがいいだろう。

女官長が待機していた侍女を振り向いて、

「家庭教師に連絡を」

と一言、言うと侍女は一礼して去っていく。

(時間的にどこかで連絡が行き違わなければいいのだけど……)

ルイスは一抹《いちまつ》の不安を覚えた。

たくさんの人にエディを見てもらえるのは安全だけれど、こういうときに考えることが多くて、頭が混乱する。女官長が仕切ってくれていなかったら、ルイスはもっとてんやわんやの状態になっていただろう。

「はい、できました。戴冠式をすませていませんから皇后のティアラはなしで行きましょう。でも、本来は宮廷に出る場合はティアラをつけるのが正式な作法になります」

レースをふんだんに使った膨らんだスカートに赤い切り返しがついた上衣《じょうい》が引き締めて、女性らしいのに凛々しい雰囲気をも醸し出している。

胸元にはたくさんの宝石のついた大きな首飾りをつけ、小指にはジェラルドから贈られた印璽の指輪を忘れない。といっても、その上からレースの手袋を身につけるから、意味があるのかどうか。

最後に飾り紐を垂らした大きな扇を持たされると、格好だけは一人前の皇后らしく仕上がっていた。

予定より十分遅れで着替えが終わると、宮殿のなかを急いで移動する。

途中から侍従の案内に代わり、何度か誰何《すいか》されて、装飾付きの大扉の向こうへと通された。

「わぁ……なんて高い天井……壮観だわ……」

思わず素朴な感嘆の声を漏らした。

フレイムランス帝国の宮廷は、ルイスが知るどこよりも華麗な場所で開かれていたのだ。

皇帝の玉座はまるで教会の祭壇のように光を浴びて、神々しい。

六角形の間は、玉座を囲むように四つの大きな窓があり、その光が皇帝に降り注いでいるからだ。

玉座は階段を五段上った場所にあるため、臣下は自然と皇帝を見上げることになる。

ただでさえ、為政者然としたジェラルドがさらに遠い存在になってしまった気がして、ルイスは少しだけ気後れした。

それでいて初めて見る『皇帝』としての姿から目が離せない。

日の光にきらきらと輝く銀糸の髪も、紺碧《こんぺき》のマントを肘掛けに広げるように座るさまも、まるで計算され尽くした絵のように美しくて、ジェラルドが玉座に着くまでの振る舞いで、何度も周囲の貴族たちが感嘆のため息を零すのが聞こえた。

率直に言えば、王錫《おうしゃく》を抱いて玉座に座る皇帝は、ルイスがこれまで知るどんなジェラルドより格好よかった。

「皇帝陛下……今日もなんて素敵なの……ご寝所に侍《はべ》らせてほしいわ」

「でも子連れの女と結婚したんですって……ご覧になりました？　あの新聞の記事」

「あれは本当にどうしたことか。皇帝陛下はどこぞのスパイにでも誑《たら》しこまれたのではないのか……」

ひそひそという噂話《うわさばなし》がルイスの耳に届く。あるいは、わざと聞こえるように話しているのかもしれなかった。

優雅な扇を広げた貴婦人たちはちらちらとルイスを見て、不快そうに眉を顰《ひそ》めていたからだ。

（あの新聞記事をみんな読んでいるんだわ……）

自分が、帝都の貴族たちから注目の的にされていることがひどく居心地が悪い。

宮廷はルイスが初めて見る類いの戦場で、剣も盾も持たないで立つルイスは自分がどんな振る舞いをしていいのか、とまどうばかりだった。

（まるで見えない矢を全身に受け続けているみたい……）

肌が粟立《あわだ》って痛い。ドレスの陰で足が震える。でも、

（ジェラルドとエディのために、この場に来たんだもの。ここでわたしが怯んでどうするの）

ルイスはいますぐ逃げだしたい気持ちを抑えて、ジェラルドを見つめていた。

光り輝く皇帝――その姿を見ていると、自然と彼のことを支えてあげたいという気持ちが湧いてくるからだ。

――『………勃たないんだ。女のほうから迫られてくると全身に鳥肌が立って、萎えてしまう』

ジェラルドから告白されたときの絶望的な響きが不意に脳裡によみがえり、笑いだしそうになった。

あんなに高貴で輝かしくて立派な皇帝が、自分を頼って弱みを打ちあけてくれたのだ。応えてあげなくてどうする。

ルイスは少しだけ冷静さを取り戻して、宮廷に集った人々を観察した。

宮廷とは、元来、皇帝の周囲を指す。皇帝のいるところがすなわち宮廷であり、古く居城を定めない時代には旅先から旅先へ宮廷そのものが移動していたのだという。

しかしいまは、皇帝ジェラルドの座する場所を見上げる大円塔の広間に、もうひとつの宮廷があった。

太皇太后──ジェラルドの祖母であり、女帝と渾名《あだな》される女傑の周りには、ひときわ険しい顔をした貴族たちが厚く連なっていた。

彼女の宮廷なのだと言わんばかりだ。

しかし、趨勢《すうせい》を諮るように皇帝とも太皇太后からも距離を置いた場所で成り行きを見守っている貴族たちも多くいた。

誰がどんな力を持ち、どんな役目を担っているのかはルイスにはわからない。貴族たちの様子からは彼らも一枚岩ではない様子がありありとうかがえた。

指南役の子爵夫人にちらりと目を向ければ、彼女は鷹揚《おうよう》にうなずき返してくれた。ここまでは問題なく振る舞えているということだろう。

その堂々とした佇《たたず》まいがいまは心強かった。

（あの新聞記事は……太皇太后さまが指図して書かせたものなのかしら……）

醜聞があれば、皇帝の威光に疵《きず》がつく。皇帝の力が弱まれば、対抗勢力である彼女の宮廷は活気づくのだろう。

（孫を相手取ってでも自分が権力を握りたい……そういうことなの？）

先日初めて会ったばかりなのだ。女帝の心情を諮ろうとしても、ルイスにはわからなかった。

高貴なる血筋《ブループラッド》を重んじるあまり、高位貴族の令嬢としか結婚を認めないという考えは、共感はできないが理解できる。

貴族社会とはそういうものだとルイスも思っているからだ。けれども、血を分けた人々が争うのは、少しだけ悲しい気がした。

「勅命を下す……宰相、ジュリアス・サイモン・ギルフォート。私の戴冠式のあとに、そこにいるルイス・バランティン辺境伯令嬢との結婚式を準備せよ。舞踏会は戴冠と同時に祝うものとする。ルイスのドレスだけ、至急、予算を組んで用意してくれ」

「……かしこまりました」

老人と言うにはまだ若い、無表情が張りついたような表情の宰相は、簡潔に命令を受諾した。

しかし、すぐに反対の声が広間のあちこちからあがることになった。

「お待ちください、陛下。子持ちの女性など……皇后にふさわしくありません！」

「そのとおりです……ましてや、誰が父親とも知れない子を産んだ女など……もってのほか！」

周囲からあがる声を女帝は満足そうに眺め、扇を優雅に広げた陰で満足そうに微笑んでいる。

まるで、自分の勝利を確信しているかのような表情だ。

「太皇太后さまが薦めていたご縁談ではなにがいけないのですか？　エリザベス嬢こそ皇后にふさわしいと私は存じます」

ざわざわと疑問と不安とが入り混じったどよめきが室内を支配する。

「私が薦めていた侯爵令嬢のどこが不満なのですか」

女帝の声を後押しするように、「そうだそうだ」という同意の声があがった。

（まさかこの場で、勃たないから子どもはできないとは言えないんだろうな……）

切実な理由だとは思うが、皇帝の威厳を保つためには公言できない。

ざわついた空気を一蹴するためだろう。ジェラルドが王錫の石突きで、床を打った。

カツーン、と硬質な音がどよめきのなかでも明確に響き、人々の顔がはっと我に返る。

鬱憤《うっぷん》を晴らすぐらいには噂話を楽しんだあとだからだろう。皇帝の御前《ごぜん》であることを思いだすにはちょうどいいころあいだったようだ。

みんな一様に皇帝に対して礼の姿勢をとっている。

「ルイスは辺境伯のひとり娘だ。その子エドワードは辺境伯の跡取りとなり、私との間に生まれた男児の第一子を帝国の皇太子とする。宮殿で暮らす間、エドワードには家庭教師をつけ、皇帝の義子として恥ずかしくない教育を施すものとする」

「ですが、陛下。辺境は隣国の民も多くいる地域です。万が一、連れ子の父親が隣国人だったときには、問題があるのでは」

女帝の声が低くこの場を制するように発せられた。

「太皇太后さまのおっしゃるとおりだ。のちに辺境伯になるにしても、父親のわからない子どもでは辺境の砦をどこに売り渡すかわかったものではありませんぞ！」

言いがかりめいた言葉にかっと頭に血が上りそうになったルイスを察したのだろう。子爵夫人が腕を強く掴んだ。

はっと横を見ると小さく首を振られる。おかげでルイスはどうにか冷静さを取り戻した。

（皇太后さまの配慮に感謝しなくては）

先日、皇太后から諫《いさ》められた経験がなかったら、あるいはひとりでこの場に立っていたら、うかつに反論していたかもしれない。しかし、孤立無援の状態で反論したら、絶対にさらに状況は悪化したはずだ。

自分とエディが宮殿に来たことで、たくさんの人間が協力してくれているのだ。それを無駄にしてはいけない。

すーはーと深呼吸をして、ただひたすら気持ちを落ち着かせる。

もう一度顔を上げると、ジェラルドと目が合った。こんなときなのに、目が合うとほっとする。ジェラルドはルイスと違って、己の宮廷の空気に慣れているのだろう。

背後に待機していた側近・ガラハドを呼び寄せると、彼から受けとった書類を広げる。

「ここに九人の選帝侯たちがルイスとの結婚を認めた書状がある。この決定はこの場にいる全員が反対したとしても覆《くつがえ》せない。よって、この議論は終わりだ」

ジェラルドの宣言に、また水を打ったように室内が静かになった。

（九人の選帝侯たちが……ってどういうこと？）

宮廷がどのように物事を決めているのか、ルイスが見るのは初めてだ。

ジェラルドの言葉の意味がわからずに、でもわからないことを表情に出すのも怖くて、ただ聞き耳を立てて直立する。

すると、やはりルイスと同じように感じたものがいたのだろう。ひそひそと、近くの誰かに訊ねる声が聞こえてきた。

「ここにいる人全員より九人の選帝侯の票のほうが重いということ？」

「しぃっ、大きな声を出さないで。選帝侯の資格を持つ諸王は太皇太后さまの締めつけを嫌がってるのよ」

（ああ、なるほど。もしかしてそれでジェラルドは辺境に現れたんだわ……）

ルイスの父である辺境伯ヘンドリック・バランティンは選帝侯でもある。

現在のフレイムランス帝国では皇帝の子が世襲《せしゅう》するため形式的な役割となっているが、古くは選帝侯のなかから皇帝を選ぶ習慣になっていた。それで、現在も皇帝の即位のときには、選帝侯の署名を集める儀式が残っていた。

つまりジェラルドはヘンドリックに用があり、そのついでにルイスに会いに来たのだ。

そのついでと言っても、ルイスとの結婚を認めさせる書状も用意していたというなら、ずいぶん手回しがいい。

(敵の敵は味方につける……つまりそういうことなのね)

こう言ってはなんだけれど、ジェラルドが考えそうなことだと、ルイスはひそかに納得していた。ルイスの知る彼も策略を巡らせて他人を出し抜くのが得意だったからだ。

(それでいて、わたしが女だってずっと気づかなかったんだから、どうかと思うけど……)

過去の記憶を思いだして、ふぅっとため息を吐く。

そんなふうに、ルイスが呑気《のんき》に過去に思いを馳《は》せているところに今度は別の爆弾が落とされた。

「ところでルイス嬢の子どもというのは陛下の子ということはないのですかな？　もし婚姻前にできた子が醜聞になるという理由で隠しているだけなら、正直に申しあげてくださってもいいのですぞ、陛下」

突然あがった声に心臓が止まったかと思うほど、ルイスは驚かされてしまったのだった。

(ど、どうして……!?　わからないけどでもどうしよう。いま、ここで言ってしまう!?)

発言したのは、背の高い壮年の男性だった。

短く揃えた銀髪に堂々とした体躯。言葉遣いこそ丁寧だったが、自信に溢れた様子から、身分の高さが知れる。

「フィリップ公だ……いまのはどういうことだ。子どもが陛下の子？」

「子どもは男の子なのだろう？ 陛下の子だとすれば皇太子に決まってしまうではないか。彼は太皇太后派ではないということか」

一度は収まりかけた動揺が、また強く貴族たちを揺さぶる。

それくらい、フィリップ公と呼ばれた男性の発言は、この場に衝撃を与えていた。

（フィリップ公と言えば、確か前皇弟よね……つまりジェラルドにとっては叔父に当たる、やんごとなき身分の方なのだわ）

その発言で、周囲がどよめくのも納得できる。

皇位継承権が高い皇族の名前くらいは、当然のようにルイスも聞き及んでいた。

皇太子だったジェラルドは皇位継承権第一位で、ほかに兄弟姉妹はいない。ジェラルドが皇帝となったいま、フィリップ公は、皇位継承権第一位になっているはずだった。

（もし……もし、エディがジェラルドの子どもだと知られたら……）

エディは皇位継承権第一位の皇太子になる。

そこまで考え至って、ルイスは急に息が苦しくなった気がした。緊張が高まるあまり、うまく息が吸えない。

（眩暈が……しそう……）

その場でふらつきそうになったところで、ジェラルドのきっぱりとした声が広間に響き渡り、空気を変えた。

「叔父上、決定したことを蒸し返すような発言はお控えください。子どもは辺境伯の後継ぎとなる。それは決定です——以上の言を持って、本日は閉廷とする！」

ジェラルドがまた、カン、と王錫の石突きで床を打つと、それが習慣なのだろう。広間にいた貴族たちは、ざざっといっせいに胸に手を当ててお辞儀をした。

頭を下げた状態を睥睨《へいげい》するように、ジェラルドは玉座から立ちあがり、マントを翻《ひるがえ》して、去っていく。

光を浴びて、銀糸の髪が燦《きら》めき、紺碧のマントのあちこちに施された金糸の刺繍《ししゅう》もきらきらと輝く。

そのまばゆさに目を細めていたルイスは、広間の片隅で扇を広げた女帝が、自分の寵臣《ちょうしん》たちとひそひそと言葉を交わす様には気づかなかった。

しかし、この日の宮廷の議論はまたしても大いに新聞記事を湧かせることとなる。

——『子どもはジェラルド皇帝陛下の隠し子だった⁉』

という見出しを見て、ルイスはひそかに落ちこみ、エディはそんなルイスを不思議そうな顔で見ていたのだった。

第五章　宮殿快適（？）家族生活

ルイスが帝都に来てから、あっというまに三ヶ月が過ぎた。

宮廷でお披露目《ひろめ》をされてからというもの、帝都の貴族と会う機会が増えたし、そのたびに子どものことを質問されたが、ルイスはジェラルドが公式に発言したのと同じ言葉を繰り返した。下手に色々答えるより、エディにとって安全だと思ったからだ。

ジェラルドは自分の部屋があるらしいのに、夜はルイスのところで寝て、朝は家族揃って朝食を食べている。

仕事で疲れているのだろう。キスをしただけで寝落ちすることもあったが、ジェラルドは週に何回かはルイスを抱いた。

初めのうちはまだルイスも慣れなくて、ぎこちなく抱かれていたが、次第に、ジェラルドが求めてくるのが当たり前になってしまって少しだけ怖い。

いつかは辺境に帰るつもりでいたのに、ジェラルドを好きだと自覚してから、ずっと側にいたいという気持ちが心の底で芽生えていたからだ。

（わたしってこんなに欲張りだったのね。自分でも知らなかった）

エディを守りたい。ジェラルドとも一緒にいたいし、家族で離れたくない。

なのに、やっぱり辺境の父親のことも心に懸かっていて、最後には選べない気がしてしまう。

いつもより早く起きたルイスは、朝食の席でエディの口元を拭《ぬぐ》ってやりながら、このしあわせはいまだけのものなのだと自分に言い聞かせた。

「じゃあ、ルイス。私は先に出るから、あとでまた」

「あ、はい。気をつけていってらっしゃい」

ジェラルドは急いでお茶を飲むと、ルイスに行ってきますのキスをする。こういうところは、変にまめだなと感心してしまう。すばやく体を折ってエディの額にもキスを忘れない。

「パパ、いってらっしゃい〜」

エディも言われないでも、ちゃんといってらっしゃいを言うようになった。たどたどしい口振りだが、ものすごい進歩だ。

それだけのことがうれしくて、

（ああ、うれしい……エディが成長してる！）

などと感動するあまり、ジェラルドから受けとった我が子に頬ずりしてしまうが、今朝はそれどころではなかった。

戴冠式と結婚式を同時に行うという、人生で一度あるかないかの一大イベントがこれからあるのだ。

ルイスは三ヶ月しか準備する時間がないまま、慌ただしくこの日を迎えてしまった。しかも、こんな正式な式典に出るのは初めてだ。

当然のように朝から分刻みのスケジュールが組まれていた。

「皇后陛下、ちょっと手を上げてみていただけますか？　はい、その姿勢で少々動かないでください」

ルイスはコルセットを締めつけられた苦しい格好で、それでも言われたとおりに我慢するしかなかった。帝都のオートクチュールに頼んだドレスは、さすがに一からすべてを作る時間はなかったようだ。既製品のお直しとなっている。

それでもルイスの体型に合わせたり、新しくレースを取りつけたりするのにずいぶん手がかかったようで、何度か試着させられたものの、できあがったのは式典の前日だった。

しかもこのところルイスは体型の変化が激しくて、採寸したときとサイズが変わってしまったらしい。あちこち布がだぶついてしまい、着ながらまたあちこち詰めている始末だ。

ちらりと目の前にある大きな姿見をのぞけば、そこには貴婦人がいて、不思議そうな顔をしてルイスをのぞきこんでいる。

日に透けると燃えるように赤い髪は光の輪ができるくらい艶《つや》が出て、肌はきめ細かく、整えられた指先にはうすピンクのマニキュアが塗ってあった。

こんなふうに自分の体を美しく磨かれるのは初めてで、

（だから、ジェラルドに話しかける令嬢たちはみんなあんなに綺麗だったんだわ……）

そんなふうに納得してしまう。まるで、令嬢たちの美の秘密を知ってしまったかのような、奇妙な満足感があった。

女官長は侍女たちに次の準備を指図しながら、ルイスにも声をかける。

「まだこれから化粧を施して、ティアラや宝飾の準備がありますから……軽食がつまめるようでしたら、紅を塗る前に召し上がっておいてくださいませ。今日は夜になるまでなにも召し上がれませんよ？」

女官長の辛抱強さと面倒見のよさが入り混じった物言いは、故郷の叔母を思わせて、つい従ってしまいたくなる説得力がある。

おりよく侍女が運んできたサンドイッチを手にとろうとすると、ドレスを汚さないためだろう、エプロンをかけられた。

（すごい……さすがは皇族付きの侍女だわ。細かいところまで行き届いている）

辺境伯令嬢とは名ばかりで、これまでなんでも自分でやってきたルイスは、誰かが自分の世話をしてくれることに、いまだに新鮮な感動を覚えてしまう。

手にとったサンドイッチは、スモークサーモンとチーズのやわらかさをレタスのしゃきしゃき感が補って、触感と燻製《くんせい》の味わいとが絶妙なハーモニーとなっていた。

はむっと頬張《ほおば》ると、口のなかに旨味《うまみ》が広がって、とてもとてもおいしい。

喉も渇いていたから、紅茶を口にすれば、これもまた甘みとすっきりとした味わいがほどよく、いくらでも飲めそうなおいしさだった。

宮殿の軽食にルイスが感動しているのは表情で伝わったのだろう。

「おいしい？」

エディがきらきらした瞳を向けて訊ねてくる。

帝都に来てから身の回りに人が増えたからだろうか。エディはとても言葉が豊かになった。

食事もしょっちゅう新しい料理が出てくるので、毎回、質問の嵐だ。

おかげでルイスはエディの疑問に答えるために、料理長が説明してくれた料理のメモをとらなくてはならなかった。

いまも訊ねてくるのは、食べたいからなのだろう。しかし、スモークサーモンはまだエディには早い気がする。ルイスはほかのサンドイッチを確認して、卵あえを見つけると、小さく分けてエディに手渡した。

「はい、エディにはこちらをどうぞ。いただきますして？」

「いただきまーす」

エディは生えはじめた歯を元気よくサンドイッチに立てた。

慌ただしく支度をしているこんなときにも子どもとのやりとりをするのは、正直煩《わずら》わしいときもあるが、それでもおいしそうに食べる顔を見るとほっとする。

しかし、口元を汚しながらサンドイッチを食べていたエディが、

「あ、うんち」

と言ったとたん、現場の空気が凍りついた。

なにせルイスが着ているドレスは真っ白で、既製品とはいえ最高級の絹でできている。

しかもエディは今日なぜみんながいつもと違うことをしているのかよくわかっていないし、ルイスが構ってくれないせいで、いつもよりべったりと甘えたがっていたから、たちまち女官長の檄《げき》が飛んだ。

「アネッサ、エドワードさまを別室へお連れして！」

「はい！　エディさま、アネッサが一緒にいますからほんの少しお母さまとバイバイしましょうね」

「やだぁっ、ママぁっ、ママぁぁぁぁっ！」

ぎゃああっと泣き叫ぶ声に後ろ髪が引かれる心地になりながらも、ルイスは心を鬼にして残りのサンドイッチを食べる。

こういうとき、子どもの声というのは母親にとっての凶器なのだと思う。

エディの声はルイスだけを呼んでいて、その呼び声が聞こえると、自分がどうにかしてあげなければと感じて、いてもたってもいられなくなるのだ。

ルイスとしては自分がどんなに眠くてもエディの声で目を覚ましてしまうくらいなのに、ほかの人の耳にはそこまで切実に聞こえてこないらしい。

女官長からそう諭《さと》されて、少なくとも今日だけは式典に集中しようと心に決める。

(ごめんね、エディ。終わったらいっぱい遊んであげるからね)

広い宮殿には庭がたくさんある。しかし、貴族たちにも解放されていて、人目があるのが困るのだった。

初めて帝都に来たときにエディといるところを写真に撮られたことは、まだルイスの心に傷となって残っている。

護衛や家庭教師と散歩はできるが、行ける場所はどうしてもかぎられてしまう。目の前には広い庭があるのに、好き勝手に外で遊べないことが、エディの不満を増しているのだった。

(叔母さまの家ではどこでも好きなところで遊べたものね……)

庭でピクニックをよくしていたから、エディが外に行きたがる気持ちはルイスもよくわかる。外で遊ばせてあげたい。でもまた新聞に面白おかしくエディをとりあげられるのも困る。このところのルイスは式典の準備に追われるだけでなく、そんな悩みにも苛《さいな》まれていた。

はぁ、とまるでマリッジブルーのような憂いのため息を零したときだ。

「皇后陛下、辺境伯の名代がお目にかかりたいとのことでいらしてますが、いかがなさいますか？」

女官長から声をかけられ、ルイスはぱっと表情を変える。

辺境伯は国境を守る任務があるから、父親が帝都に来ることはないとわかっていた。代わりに従兄弟のコーリンが来ると手紙で報せが来ていたのだ。

「こちらに通してもらうのは……さすがに無理よね。エディがいる部屋なら大丈夫かしら？」

そろそろ、おむつを取り替え終わっているころだろう。

侍女にドレスの裾を持ってもらって移動するのは気が引けるが、ドレスを台無しにするほうが怖い。

別室にお茶をお願いして待っていると、いつになく盛装したコーリンがやってきた。

「お、すごい。さすが王室の結婚式だ。これはこれは……皇后陛下におかれましてはご機嫌麗しゅう」

コーリンはルイスの格好を見て大仰に感心してみせたあと、時代がかった仕種でお辞儀をした。

「やめてくれない？　そういうかしこまったこと……正直、もう礼儀はお腹いっぱいなの」

この一ヶ月、美しくなる手入れをされていただけでなく、宮廷の作法を徹底的に叩きこまれた。ルイスが知っていたのはどちらかというと、騎士としての礼儀ばかりだったから、淑女は人前でたくさん料理を食べてはいけませんなどと言われて衝撃を受けてもいたが、どうにか格好だけはついてきた。

しかし、それでもこれから皇后になると、周りはずっとこの調子なのかと思うと、気が滅入《めい》りそうになるときもある。

せめて、家族同然のコーリンとくらいは気楽にしゃべりたかった。

「はいはい、了解。おっ、エディ！　ずいぶん大きくなったな。俺のこと、覚えているか？」

コーリンは慣れない宮廷に閉口するルイスを、それ以上からかうのは止めたらしい。アネッサと一緒に遊んでいたエディを見つけると、すばやく抱きあげようと手を伸ばした。

けれどもエディはさっとアネッサのスカートの陰に隠れて逃げてしまった。

「おじちゃん、誰？」

スカートの陰から子どもらしい警戒感を露わにして、コーリンを見定めている。

ルイスにも少しだけ覚えがあった。このくらいの、物心つくかつかないかの年のころは、やってきた大人が、自分のささやかな世界を壊さないかどうかがとても重要なことなのだ。

「お、おい……あんなに一緒に遊んだのに……エディ、それはないだろ。コーリンだ。高い高いをいっぱいしてあげただろう？」

近づいて今度こそエディを抱きあげることに成功すると、男性の力強さでエディを高く持ち上げる。

子どものころからコーリンが高いところによく連れだしていたせいか、エディはバルコニーや屋上で遊ぶのが大好きだ。気がつくと、伝えるところをどこまでも伝って身軽にとことこと歩いていってしまうので、ルイスとしては冷や冷やさせられてしまう。

しばらくコーリンにあやされているうちに思いだしたのだろう。エディはコーリンにまた自然な笑顔を見せるようになった。コーリンはエディを腕に抱っこしたまま、ルイスに向かって苦笑する。

「顔を合わせないでいると、すぐに忘れちゃうんだもんなぁ。帝都での暮らしがしあわせだかならなら仕方ないけど」

「まぁ、ねぇ。環境に慣れるのは早いみたい。外で遊びたがる以外は結構元気よ」

生まれてすぐから面倒を見てくれていたからだろう。コーリンはエディを抱っこするのがうまい。壊れてしまわないかと、おっかなびっくり抱きあげていたジェラルドとは大違いだ。

コーリンは不意にルイスの顔をじっと見たあとで、わずかに声の調子を変えて、

「ジェラルドはどうしてる?」

いまここにいない、かつての同僚の消息を尋ねた。

一見、なんの気ない問いかけに見えて、コーリンから聞かれると、まるで心臓を真っ直ぐに射抜かれたかのようだ。どきりとさせられてしまう。

「どうって……げ、元気にしてるけど?」

ごく普通の、久しぶりに会った友人についての問いかけだと思うのに、妙に動揺していた。

（コーリンは……エディが誰の子か、確信してるのかしら……）

父親の前で匂わせられたあとは、ずっと聞かれたことはなかった。

なのに、彼からジェラルドのことを聞かれると、その声音がまるで、「知っているぞ」とルイスを脅しているように感じる。

「新聞にずいぶん派手にとりあげられていたな。子連れ結婚だなんて……過去にも事例があっただろうに」

コーリンは辟易《へきえき》とした様子で言う。

高位の王族や貴族の場合、夫が亡くなって実家に戻ったあと、政略結婚でまた嫁がされるなんてことは日常茶飯事だ。その場合、子どもを連れて戻ってくることも珍しくなくて、のちのちには後継ぎで揉める原因にもなっていた。

ふぃっ、とルイスから視線を逸らしたコーリンが、エディとちょっとした手遊びをはじめたのは、いまは追及しないという意味だろうか。

コーリンはこういうときの引き際をわきまえているから、誰とでもうまくつきあえるのだろう。ルイスにはほかの人より厳しいことも言ってくるが、その分、助けてもらっているからお互い様だ。むしろ、助けてもらっているほうが多いかもしれない。

（お父さまはわたしが結婚相手を見つけられなかったら、多分コーリンを婿養子にするつもりだったのでしょうし……）

そういう経緯も含めて、ルイスは彼に頭が上がらなかった。

もっとも辺境伯の跡取り問題に関しては、現在、白紙状態だ。

一応、宮廷ではエディが辺境伯の後継者になると宣言されているが、ジェラルドの子だという事実があからさまになれば、皇太子になる可能性が高い。

爵位をいくつか持ったまま皇帝になるのは珍しくないが、その場合、辺境を実質的に見る人を任命することになるだろう。

国境を守るという実務が伴《ともな》っている分だけ、辺境伯というのは取り扱いが難しい爵位なのだった。

「式典の間はアネッサと一緒に俺がエディを見ているよ。大聖堂は親族席があるだろう？　エディだってママの晴れ姿が見たいだろうし、なぁエディ？」

「うん！」

なにを言われているかよくわかっていないだろうに、エディは元気よくうなずいている。

（まぁ、いいか。コーリンが見てくれるほうが安心は安心かも……）

護衛はついているが、大聖堂のなかでは宮殿とは勝手が違うはずだ。親族席にまで護衛が張りつけるかわからないし、今日みたいに忙しいと、目が行き届かないかもしれない。

「じゃあ、お願いね、コーリン。一応、侍女と護衛には紹介したほうがいいから、あ、エマ。お願いしてもいい？」

ちょうどやってきた侍女にお願いすると、「化粧をはじめないと間に合いませんよ！」という女官長の声が聞こえてきた。

ジェラルドはどうしてるかしらなどと思っているうちに、本日の式典を祝福する鐘の音が聞こえてきて、ルイスは慌てて支度に戻ったのだった。

†　†　†

帝都の大聖堂の祭壇の前で、いままさに戴冠式が行われていた。

パイプオルガンの荘厳な音色が、高く低く、巨大な身廊の隅々にまで響き渡り、皇帝の頭上に宝冠が乗った瞬間を言祝《ことほ》いでいた。

大聖堂の象徴である華麗な薔薇窓から降り注ぐ光が、宝冠を受けた皇帝に降り注ぐと、万雷の拍手が響き渡る。

それはまるで光そのものが祝福のために弾けているかのように眩しい音だった。

身廊も祭壇の前も、人で溢れかえっている。貴族席も一般民衆のための席も満席で、後方に立って首を伸ばして見ている人も数え切れないほどだ。

その人々に向かって、宝冠を頭上に戴《いただ》いたジェラルドが手を振ると、また拍手が大きくなるのだった。

（本当にジェラルドが皇帝になってしまったんだわ……）

初めからわかっていたことなのに、荘厳な式典を目の当たりにして、みぞおちのあたりが痛くなるような、身が引き締まる心地がした。

知り合ったときから皇太子だったはずなのに、公式の場で彼の姿を見ていたわけじゃないから、その身分の高さをルイスが実感することは少なかった。

騎士団のほかの仲間もみんなそうだろう。

それでも、今日のジェラルドはため息が出るほど素敵だ。白貂の毛皮がついた天鵞絨のマントは階段を覆うほど長くて、飾りのたくさんついた長上着も、よく似合っている。

聴衆の席からただ眺めていられるなら、ルイスも一般席の隅から黄色い声をあげている民衆に混じりたいくらいだった。

あの人はわたしの騎士団の同僚なのよなどと言って自慢できる気楽な立場なら、どんなに誇らしかっただろう。

しかし、ジェラルドが脇に控えていたルイスのほうを向き直り、「おいで」と言わんばかりに手を差しだしてきたから、無視するわけにいかない。

「続きまして、ジェラルド・ナイジェル・ロックウェル＝グロー皇帝陛下とルイス・バランティン辺境伯爵令嬢との結婚の儀をはじめます」

教皇がそう宣言すると、またしても大きな拍手が響き渡る。

目につくところで扇を広げて不快そうな顔をしている太皇太后たちは、この際、無視だ。

一部の貴族たちはさておき、一般の民衆はジェラルドの結婚を好意的に受け止めているとわかったからだ。

響き渡る歓声の、あまりの大きさに、小さなエディは大丈夫だろうかと心配になるくらいだ。

エディはコーリンやアネッサと一緒に、一段高い親族席でこの結婚式を見ているはずだった。

（コーリンはエディの面倒を見慣れているから大丈夫だと思うけど……）

真っ白なドレスに身を包みながら、ルイスはベールの隙間からコーリンの姿を見つけて、どうにかエディの無事を確認した。

柵から身を乗りだそうとするからだろう。エディはコーリンに抱っこされていた。

こんなに人の多いところは、まだ小さな子どもにはよくないのではないかとはらはらしてしまうが、いまのところは元気そうだ。

ジェラルドがエディの前に現れたときに、「肝が据わった子だな」などと言っていたが、本当だ。エディは母親の目から見ても、ときおり年齢に似合わない大人びた逞しさを発揮して、ルイスを驚かせる。

それでも、大人びた部分とは別に我を張る強情さも持ち合わせており、ルイスを困らせてもくれる。憎らしくも愛らしい子だ。

（本当にエディはとても利発な子だから……）

教皇の祝詞《のりと》を聞きながら、ルイスは小さくため息を吐く。

列席する諸侯のなかに、宮廷で問題発言をしてくれたフィリップ公の顔を見つけて、先日のことを思いだしてしまったからだ。

——エディのことを正直に言ったほうがいいのかもしれない。

何度も何度も封じこめてきた迷いが、また芽生えはじめていた。

(でももしエディがジェラルドの子どもだと告げたら、ジェラルドは……認めてくれる?)

また新聞であらぬことを書かれるのかもしれないという不安と、そして真実を告げたとしても、ジェラルドが覚えていない以上、どうやって証明したらいいのかという問題に突き当たる。

「いまさらどんな顔をして言えばいいのか……」

ジェラルドとは、はじまりが男女の仲ではなかっただけに、ルイスも頭が痛い。

(そもそも、ジェラルドがわたしを女だと気づいてなかったことが元凶で、それを訂正しないで面白がっていた騎士団のみんなも悪いし、ジェラルドにわたしを抱いた記憶がないのを詰め寄らなかったことも子どもができたのを伝えなかったのも失敗だったし……)

どの時点からやり直せば、いまルイスを悩ませている問題が起こらなかったのか、記憶をさらってみてもわからない。

ぐるぐると思い悩んでいるうちに式典は終わり、指図されるままに馬車に乗って手を振って宮殿に戻って祝辞を聞いているうちに舞踏会の時刻になっていた。

外国の大使をはじめ、国の名だたる王侯貴族が招待されている舞踏会で、普段は滅多に領地から出てこない諸王も顔を見せていた。例の、女帝を黙らせた署名の主たちである。

ひとりひとり紹介されて挨拶をしていると、不意に親しげに声をかけられた。

「ルイス！　久しぶりだな……まさかこんな形で会うとは思わなかったが……」

諸王のひとり——レントン王と入れ替わるようにして知った顔がひょっこりと顔を出した。

寺院騎士団で手合わせをしたことがあるラドクリフだ。

人なつっこい笑みを浮かべた青年は、短く揃えた黒髪に合わせて、黒と金を基調にした盛装を纏っている。色合いはけっして派手じゃないのに、妙に目を惹く着こなしになっているのが、彼のセンスのよさを表しているのだろう。

「ラドクリフ！　……っと王子殿下。お久しぶりです」

慌てて彼の身分を付け足す。帝国の基礎となったいくつかの国はいまも諸王が束ね、皇帝がその上に立つ。

ラドクリフはレントン王の次子で、騎士団では剣の使い手として知られていた。おそらく先に挨拶した父親についてきたに違いなかった。

「ジェラルドとルイスは仲がよかったけど、まさかルイスが皇后になるとは思わなかったなぁ……初めまして、皇后陛下」

冗談めかした調子でラドクリフは、胸に手を当て挨拶の礼をする。

軽妙な性格はいまも変わっていないらしい。懐かしくなったと同時に、彼はルイスが思い煩っている元凶のひとりなのだと、いらないことも思いだした。

「ジェラルドと仲がよかったって……ラドクリフ王子が騎士団のなかで賭け事を楽しんでいたせいじゃないかしら？」

半眼になりながら扇をぱちりと閉じて、嫌みじみた答えを返す。

（ジェラルドがわたしを少年だと思っていたのをすぐ訂正してくれればよかったのに……）

騎士団の同僚たちは彼が本当のことにいつ気づくかと賭けをして盛り上がっていた。その胴元をしていたのがラドクリフだ。

結局、ジェラルドは、寺院騎士団の春の舞踏会があるまで気がつかなかったのだから、それはそれでどうかと思う。彼のなかでは、ルイスはいまだに女性扱いされてないのではと、劣等感めいた感情が湧き起こる由縁《ゆえん》だ。

「いや、もう終わった話じゃないか、ルイス。こうやってふたりが結婚したとなると、あの賭けもいい思い出というかなんというか……ところで選帝侯たちの署名は女帝の怒りを買ったともっぱらの噂だが、真実はどうなんだ、ジェラルド？」

ただ話を逸らすにしてはやけに真剣な調子で、ラドクリフはジェラルドに囁く。最後のほうは人に聞かれないように、少し声を落とすようにして。

調子よく人の内情を探ろうとするところはあいかわらずだ。ルイスが懐かしくもあきれているところに、また別の声が気軽に割りこんできた。

「ごきげんよう、ルイス。見たぞ、子どもがいるんだって？　派手に新聞にとりあげられていたが、『子どもの父親は誰か⁉』だなんて……あれはどういうことだ？」

真相を教えろとばかりに興味津々で話しかけてきたのは、フェルディナンドだ。

やわらかそうに波打つ茶色の髪に穏やかな微笑みを浮かべた青年は、一見してわかるほど貴族的な顔立ちをしている。

ラドクリフと同じく剣の名手だった彼とも、ルイスはよく手合わせをしていた。騎士団時代の親しかった同僚のひとりだ。どうやらラドクリフと話してるのに気づいて、近づいてきたようだった。

フェルディナンドは公爵家の跡取りのくせに、ラドクリフと組んで、くだらない賭けをよくやっていた元締めのひとりだ。

爵位の高い家柄のふたりが俗な賭け事を仕切っていたというのもおかしな話だ。しかし、賭けのおかげもあって、ふたりは階級が違う団員たちともうまくやっていた。

「コーリンが面倒見てた子だろ？　あの子は……」

応えるようにラドクリフが、ちらりとジェラルドを見る仕種に、どきりとさせられる。

まるで、「エディはジェラルドの子だろう？」と言わんばかりだ。

（ま、待って……なんで……そんな……）

当のジェラルドだけがまるでわかっていない顔をしているのが、救いなのか、むしろ地獄に突き落とされているのか。ルイスには判別がつかない。

フェルディナンドの『どういうことだ』という言葉が、これも賭けの対象にしていいのかという意味にも聞こえる。彼らふたりはなんでも賭けの種にして、騎士団生活を謳歌《おうか》していたからだ。

その一方で、ラドクリフもフェルディナンドもエディの父親がジェラルドだと、やけに確信を持っているような口振りだ。

こんな人が多い場で、うかつなことを言わないでほしい。どきりとさせられてしまう。

「ほかにも何人か騎士団で見た顔がいたから声をかけてくるぞ、きっと」

知り合いがほかにもいることを匂わせて、肩越しに背後を見やるラドクリフの仕種は悪びれない。これ以上なにか言われたら、ルイスの心臓が持ちそうにない。

「……ちょっと！　ふたりとも適当なことを言わないでくれる？」

ジェラルドがほかの知己と挨拶している隙に、ルイスはラドクリフとフェルディナンドを近くに寄せて、小声で威嚇した。

「わたしはまだ、あなたたちがやっていた賭けを許したわけじゃないんですからね⁉」

ルイスの言葉に、ふたりしてまるで悪戯《いたずら》が見つかった子どものような、ばつが悪い顔になる。

「ま、まぁルイス。その件は君とジェラルドの結婚に骨折りしたことで帳消しにしようじゃないか」

「そうそう。ジェラルドから頼まれてみんなで手分けして帝国中を回ったんだ。大変だったんだぞ⁉」

ふたりから畳みかけるように言われて、

（あっ、なるほど……そういうことか！）

とルイスはいまさらながら理解した。

先日の選帝侯たちの署名が、やけに都合よく出てきた絡繰《からく》りには、寺院騎士団の同僚たちが絡んでいたのだと。

騎士団には高位の貴族の子弟が何人かおり、ラドクリフだけでなく、ほかにも選帝侯に縁《ゆかり》あるものがいたはずだ。彼らがジェラルドの使者として広大な帝国内を回り、署名を集めたのだろう。

突然、皇后として名前があがったルイスのことも、彼らならよく知っている。だから、賛成の署名が集められたに違いなかった。

「別に……わたしは皇后になりたかったわけではないのだけど……」

口では言い訳をしながらも、賭けのことを相殺《そうさい》にしろと言われて、心のなかでは許してしまう自分がいた。

（もし、わたしが女だとすぐ気づかれていたら、ジェラルドとは親しくなれなかったかもしれない……）

女なら、老若《ろうにゃく》を問わず苦手にしている彼のことだ。班《はん》を替えてほしいと上層部に訴えて、そのままだったということもありえる。

自分がいつからジェラルドのことが好きだったのか、よく覚えていない。

彼が赴任してからはよく一緒にいたから、休暇の日も食事にも誘われたし、ふたりで一組のように周りからも扱われていた。

（ジェラルドがほかの女性には冷たいのに、自分にはやさしくしてくれるのを誤解していたのかしら）

思い出を振り返ってみるとキリがなくて、楽しいのに、胸がきゅんと締めつけられたりもする。その記憶の最後には、舞踏会の夜のできごとが必ずよみがえる。

ジェラルドに押し倒されてキスをされたとき、あれが最初に彼のことが好きなのだとはっきりと自覚した瞬間だった。

――わたしはこのまま、ジェラルドの側にいたいのかしら？

ルイスのなかで自問自答の言葉が虚《うつ》ろに谺《こだま》する。

当然のように答えはなくて、広げた扇の陰で、ふうっと物思いのため息を零した。

こういうとき、恋愛の経験が少ない自分がもどかしい。

エディのことを相談できる相手もろくにいなくて、なにが彼にとっての最善の道なのかも悩んでしまう。

――ああ、でも。

盛装をしたジェラルドが振り返って、ルイスに手を差しだすのに気づいて、ルイスは自分の頬が熱くなるのがわかった。

皇太子という身分のせいだろうか。寺院騎士団で出会ったときから、ジェラルドは本人が意識していないとにかかわらず、人を惹きつける魅力があった。

その魅力は皇帝となったいまは、さらに磨きがかかったように感じてしまう。

ジェラルドが自分に微笑みかけてくる瞬間、ルイスの胸がとくんとくんと、うるさいほど高鳴ってしまうのだけはどうしようもない事実なのだった。

第六章　初夜ですが実は何度目かもうわかりません

それはまるで、ジェラルドがよく見る夢の一場面のようだった。

寺院騎士団の舞踏会でのことだ。少し離れた場所にいる親友が、肩の出たドレスを着て、同僚たちと楽しそうに笑っていたのだ。

「ルイス……？　え？　女装しているのか？」

真っ先に口から出たのはそんな言葉で、次に目の錯覚だったかもしれないと思った。あるいは見間違いだったかと。

(でも、一緒にいたのはコーリンとラドクリフだった……ラドクリフと一緒に踊《おど》って……)

声をかけてきた令嬢に無理やりダンスを踊らされながらも、視線はルイスと思しき、ドレスを着た女性を追いかけていた。

白いドレスを着た姿が濃紺の騎士団の制服と組んで、くるくると回るたびに、胸の奥に不穏な感情が湧き起こって、眩暈がする。

(まさか。別人かもしれない……あるいは俺の頭がおかしいのかも)

近づいて確認したいのに、妄想との境がわからなくなっていた。確認してやっぱり自分の妄想だったとわかるのも怖い。

なのに、ラドクリフの次に別の団員に誘われているのを見ると、一刻も早く話しかけたい気もしてくるのだった。

そんなふうに、ほかのことに気をとられていたからだろう。

「……殿下、殿下？　少しお疲れでしたら、ワインでも飲んで休憩したらいかがでしょう？」

祖母が寄越した令嬢を警戒していたことも忘れて、差しだされたグラスから、ついワインを呷《あお》ってしまった。彼女が扇の陰で怪しい微笑を浮かべていたことになど、気づく由もない。

そのまま、半ば酒の勢いを借りて、ようやく話しかける決心がついたのは、我ながら情けないとしか言いようがなかった。

白い花のようなドレスを着た女性に近づくと、よく知った声が楽しそうに耳朶を揺らす。

もう疑う余地はなかった。呼びかけにくるりと振り向いたのは、間違いなくルイスだったし、コルセットで締め上げた胸元は、本物の胸だった。

「ルイス……ルイス、君、その格好……」

愕然《がくぜん》とした声が漏れてしまう。

ルイスは一瞬だけばつが悪い顔をして、

「ああ、これ。春の舞踏会にって毎年父が送って寄越すんだよ……どう？」

そう言って、膨らんだスカートを指先で抓《つま》んで、くるりとジェラルドの前で回って見せた。

「女……だったのか……」

自分でも思ってもみないほどに掠《かす》れた声が漏れた。ほかに言葉が出てこない。

（自分の願望や妄想じゃない……）

これは現実だと思うのに、身じろぎでもしたら覚めてしまう気がして、その場に凍りついてしまう。

「あのねぇ、ジェラルド。言っておくけど、わたしのことをずっと男だと思ってたのなんて、君くらいだから！　訂正するのも癪《しゃく》だからそのままにしてたけど、普通、もっと早く気づくでしょうが」

ルイスは頬を膨らませて怒っていた。その顔も態度も紛れもなく、よく知る友人のものだ。

ジェラルドが嫌いな女性の格好をして。

ジェラルドの妄想からそのまま抜け出たような格好をして。

くるくるとよく変わる表情は、太陽のように眩しい。

──眩暈がしそうだった。

動揺して一気に煽ったワインで悪酔いをしたのだろう。ダンスをする人々の姿がぐるぐる回って、たまりかねたジェラルドはバルコニーに逃げこんだ。

それから、どうやって時間を過ごし、部屋に戻ったのか。

体調が悪いからと、ダンスを断ったことはさすがに覚えているが、鐘の音がいついくつ鳴ったのか、もう数えられなくなっていた。いつのまにか、夜が更けて、部屋に戻ってきたときには、妙に体が熱くて、まるで熱があるかのように半ば朦朧《もうろう》としていた。

それでも、染みついた習慣が、部屋のなかに人がいることをいち早く察知したのはさいわいだった。

（もしかして、薬を盛られたのでは……）

そのときにいたって、ようやく自分の失態を朧気《おぼろげ》に意識した。

このままベッドに入って眠ってしまえば、あとはエリザベスの言い訳次第で、既成事実を作られてしまう。

祖母にはそれだけの権力があるからだ。

（ルイスは部屋に帰っているだろうか……）

自室と廊下の間にある従者の控えの部屋で身動きした瞬間、不覚にも扉にぶつかってしまった。

「ジェラルド皇太子殿下？」

部屋のなかから呼びかける声がして、慌てて廊下に出た。

（体の自由が利くうちに安全なところに逃げなくては……）

なにかに取り憑《と》《つ》かれたように、必死に廊下を走る。

まるでぐにゃぐにゃとした沼地を進むように踏みしめた感触がなかったが、足掻くようにして棟と棟を無理やり増築したときの階段をどうにか越えて、エリザベスに見つかる前に角を曲がったようだった。

彼女に見つかりたくない一心で、目当ての扉を必死に叩く。

「ルイス、ルイス！　開けてくれ！　おい、早く……！」

そのときは、逃げることに意識が向いていて、ルイスのドレス姿のことをすっかりと忘れていた。

酔いが回っていたのか、なにか薬を飲まされてしまったせいか。扉が開いて、ルイスの部屋に入れてもらったとたん、ジェラルドは妄想との境が完全にわからなくなった。

「あのねぇジェラルド、人の部屋に入れてほしいなら、もっと静かに戸を叩いてくれませんか……わわっ」

夢で見たのと同じように、白いドレスを着たルイスが目の前に立っていて、まるで誘うように自分を見ている——ように見えた。

いつもの夢にしても、あまりにも生々しい。

自分の欲望から抜け出たような姿に、茫然と目を奪われてしまう。

「ルイス……そのドレス……」

綺麗だった。女性が盛装した姿を見て、そんな感想を抱く自分に驚いてしまうほどに、素直に感動していた。髪飾りも胸元に光る首飾りも、けっして華美ではないのに、控えめにルイスの清楚《せいそ》さを引き立てている。

近くで見ると、細い首もコルセットで寄せられた胸元も目の毒だった。まるで長い間、食欲不足だった吸血鬼かなにかのように、ふらふらと吸い寄せられてしまう。

「ああ。いま着替えるところだったんだが……背中の編み上げの紐がうまく解けなくてね」

なにげなく髪を掻き上げられたのは、まさしく夢の続きだった。

指先が勝手に白いうなじに伸びる。

（ああ、そうか……これはやっぱり夢だきっと……）

ルイスが女だったらいいのにと、そうしたら自分がルイスを好きなことが素直に認められるのにと、ジェラルドはずっと思っていた。だから、こんな夢まで見てしまったのだ。

ルイスを押し倒しながら、ジェラルドは思ってしまった。

――夢なのだから、我慢しなくていい。ルイスを抱いたって構わない。

意識が夢と現の間をたゆたうて、心の天秤《てんびん》が欲望のほうへと簡単に傾いてしまうのを、ジェラルドはもう止められなかったのだった。

† 　† 　†

——妙なことを思いだしてしまった、とジェラルドはひそかに嘆息した。

舞踏会のざわついた空気のせいだろうか。

あるいは、久しぶりに会った同僚が、ルイスと話すところを見たせいかもしれない。

もう二年も前のことだというのに、いまだに自分の心は過去の舞踏会の後悔を引きずっていたのだろう。あのときと似た光景を見て、複雑な気持ちになってしまうくらいには。

(ラドクリフもフェルディナンドもいいやつだと思うし、今回の骨折りにはもちろん感謝しているのだが)

ルイスと仲がいいという、その一点において、どうにも彼らを許す気になれない自分がいる。

「ルイス、せっかくの結婚式の夜なのだから、私と一曲踊ってくれないか?」

自分たちに挨拶をしたそうに遠巻きに見ている人はまだたくさんいる。しかし、こういうのはキリがないものだ。同僚たちに盾になってもらって、ルイスを半ば無理やり広間の中心へと誘いだした。

「待って、ジェラルド、悪いけど、わたしはダンスなんてほとんど踊れない……わわっ」

ルイスは誰か助けてと言わんばかりに同僚たちを振り向く。しかし、ラドクリフもフェルディナンドも行っておいでと、にこやかに手を振って送りだしてくれた。

もっともここで彼らが引き止めてきたら、あとでどんな復讐《ふくしゅう》をしてしまうかわからないから、正しい選択だったと思う。ルイスは泣きそうな顔でいやいやと首を振るが、そんな顔もかわいいい。嗜虐《しぎゃく》心を掻きたてられて、虐《いじ》めたくなってしまう。

「挨拶だって苦手そうにしていたくせに、私と踊るのはもっと嫌なのか？　寺院騎士団の舞踏会では、ラドクリフやコーリンたちと踊っていたじゃないか」

つい卑屈な気持ちになり、嫌みが口を衝いて出た。

こういうところだ、とルイスの腰に手を回しながら、ジェラルドは思う。ルイスがジェラルドから逃げようとすると、自分のなかに激しい独占欲が湧き起こる。

ほかの人と楽しそうにダンスを踊っていたとき。

ジェラルドの誘いを簡単に断ってきたとき。

——ある日突然、自分の前からいなくなってしまったとき。

ルイスが騎士団を辞めて実家へ帰ったと聞かされたとき、ジェラルドはひどく驚いたし、憤ってもいた。

なにせ自分に別れの挨拶のひとつもなくいなくなったから、唐突に手持ちぶさたになったような、ひどく宙ぶらりんの気分だったのだ。

（結婚するから辞めるのだと、一言そう言ってくれれば祝いの言葉くらいかけたんだ……多分だが）

いまでもそんなふうに拗《ねじ》くれた感情が心の奥底にこびりついている。

ルイスと親しかったと思っているのはジェラルドだけで、本当はルイスにとっては自分はただの迷惑な同僚で、それでも皇太子なのだからと気を遣って相手をしてくれていただけなのではないかと、ふと昏《くら》い気持ちが過ぎる。

ルイスといると、ジェラルドは自分のなかにいろんな感情があったことを知る。

友だちというのは作るのが大変なのだとか、自分から食事に誘う方法を知らなかったこととか、自分がルイスと一緒にいて楽しいのだから相手にも同じ気持ちでいてほしいと願っていることとか。

こんな感情は宮廷でだけ過ごしていたら、自分のなかに見いだせなかっただろう。新鮮に感じるとともに持て余し気味でもある。

いまもダンスをしながら、とまどった表情のルイスを見るだけで、初めての感情が心のなかに湧き起こるのを感じていた。

「白いドレスがよく似合っている……ルイス」

ドレス姿を見慣れていなかったせいか、何回見ても新鮮な感動を覚えてしまう。

思っていたより華奢《きゃしゃ》な肩をしている。首飾りで見え隠れする鎖骨にコルセットで寄せられた胸元、どれもこれも目の毒だ。見ているだけじゃ飽き足らず、触れたくて仕方ない。

衆人環視のなかでなかったら、ルイスを抱きしめてしまいたかった。ギリギリのところで理性が歯止めをかけて、子どものころから家庭教師に叩きこまれたダンスのステップを踏む。

さらに言うなら、ジェラルドの言葉で頬を染めて困惑する表情も愛らしい。

自分の言葉に反応してくれるルイスを見ているだけで、もっとルイスをからかいたい、反応を引きだしたいという子どもじみた欲望が湧き起こる。

いまも困惑しきったルイスが、首を傾げながら、なにか言葉を口にするのを待つだけで、自分でも信じられないくらい楽しい気持ちになっていた。

「ええっと、でもジェラルドはその……女性が嫌いなわけでは？　それはつまり化粧をしてドレスを着ている人が嫌いということじゃなかったの？」

「ああ……そう、だな。ルイス以外の女性はいまでも苦手だ」

きっぱり言いすぎたのだろうか。

ルイスがなにか言いたそうにひくりと口元を引き攣《ひつ》らせた。

そういう変わった表情も見ていて飽きない。おっかなびっくり踏んでいるステップを誘導するように、くるりと体を回転させてやると、怯えたのと驚いたのとが入り混じった顔になるのも、なんともいい。

ジェラルドはひそかに愉悦に浸り、口元をゆるませた。

どうして二年前のあの夜、自分はルイスをダンスに誘わなかったのだろう、どうしてルイスが領地に帰ってしまう前に自分の手元に置かなかったのだろう、と何度も何度も後悔した。

その鬱憤《うっぷん》を晴らすくらい、楽しい。

シャンデリアの光が自分のすぐそばできらきらと輝いているかのようだ。光が弾けるような空気に心が舞い上がってしまう。

女性とのダンスなんて好きではなかったし、半ば義務として覚えていたステップなのに、いまはルイスとのダンスのために体に覚えこませたのだと思えるくらいだった。

（ああ、だけど……）

ルイスの視線が一瞬、明後日の方向に向いたのを目の端で捉えて、楽しい気分がすぅっと翳《かげ》るのを感じた。

二階の個室のバルコニーから、コーリンに抱かれたエディがルイスに手を振っていたのだ。

コーリンは慣れた手つきで子どもを抱っこしながら、空いたほうの手でエディを預けてくるからと示す。ルイスが小さくうなずく。

その言葉を介さないやりとりにふたりの強い絆《きずな》を感じて、胸の奥からまたどす黒い疑惑が噴きだした。

（エディの父親は死んだなんて言っていたけど……俺に嘘をついただけで本当は）

――コーリンなんじゃないか。

だから、エディはあんなにコーリンに懐いているんじゃないのか。

そんな疑惑がジェラルドのなかにはいつも渦巻いている。

エディのことはかわいいのに、やっぱりルイス同様に、自分よりコーリンのほうが好きなのではないかと思うと、胸が裂かれるようにずきずき痛む。

昏い考えに沈んでるうちに曲が終わっていたらしい。気遣わしげなルイスの声ではっと我に返った。

「ジェラルド、どうかしたの？　もしかして疲れた？」

「え？　ああ……いや、なんでもな……いや、やっぱり疲れたかな」

なんでもないとかぶりを振ろうとして、途中から慎重に言いかえた。腰に下げていた懐中時計を見れば、退出しても構わない時刻になっている。

舞踏会がはじまってまださして時間は経っていないが、今日は早めに切り上げていいことになっているからだ。

自分の頬に伸ばされたルイスの手をとって、懇願するように手のひらにキスをした。

「ちょうどいいころあいだ……もう私たちも部屋に下がろう、ルイス」

「え？　……ええ、そうね。エディも心配だし」

まだ主賓《しゆひん》として残らなければいけないと思っていたのだろう。大広間を離れてもいいと知って、ルイスがわかりやすくほっとした顔になる。

彼女の誤解を解くべきかどうか、ほんのわずか、意地悪な気持ちで考えて、今回は意地悪をやめることにした。

真実を告げるより誤解させたままのほうが、やさしい夫でいられたかもしれないと思うあたり、我ながら性格が悪い。

雫型《しずく》のサファイヤが揺れる耳元に唇を寄せて、低い声で囁く。

「エディのことは少しだけ忘れてくれないか、ルイス。新婚夫婦が夜にすることといえば、決まっているだろう？　今宵《こよい》は……私と君の初夜だ」

意識して誘うような声を出すと、ルイスは耳まで真っ赤に染めた。

ほんのささいなことなのに、ルイスが自分の手のなかに墜《お》ちてきてくれたような気がして、愉悦に浸ってしまう。

（ああ、なのに……）

どうしても自分のなかでわだかまりが消えない。

ルイスといて楽しいのに。

今宵は人生で最高の夜だと思うのに。

――どうしてルイスの初めてを奪うのが自分じゃなかったんだろう。

後悔の波は忘れかけたころにまた打ち寄せて、波打ち際を濡らしていく。

深く地中に埋めて存在を消し去っていたはずの遺物が、繰り返し繰り返し、波に浸食されて砂が洗い流されていくように。

ジェラルドのなかに湧き起こる拗《こじ》らせた感情を、ルイスに対する執着心を、露わにして昏い感情を呼び覚ましてしまうのだった。

†　†　†

「しょ、初夜って……あ、そう……いうこと……」

耳元でやけに色気たっぷりに囁かれて、ルイスは心臓が壊れてしまうかと思った。

ジェラルドのこういう確信犯的な振る舞いはずるい。自分の声の効果をよくわかっている上で、わざとルイスをからかって楽しんでいるのだ。

（でも結婚したと言うことは……うん、そういうことなのよね……）

いまさらながら実感が湧いてきて気恥ずかしい。

子どものことを新聞に書き立てられたり、太皇太后から強硬に反対されたりしていたせいで、結婚したことがふわふわとした妄想のように感じていた。現実だと思えていなかった。

ジェラルドは側近のガラハドに声をかけると、ふたりが退出する触れを出させる。

「皇帝陛下夫妻のご退出です」

そんな声が響くなか、ルイスは腰に添えられたジェラルドの手にエスコートされながら、歩きだす。とまどってドレスの裾を踏まないようにするのが精一杯のルイスとは違い、ジェラルドは広間に残っている人々に悠然と手を振っていた。

大広間の大扉から廊下に出ると、女官長が待っていて、体を沈めるお辞儀をする。

「離宮の手入れが終わりましたので今宵はそちらにご案内します。もし、なにか不便があるようでしたらお申し付けください、皇后陛下」

簡潔に言うと、先導するということだろう。静かに廊下を歩きだした。

「私がこれまで使っていた部屋では家族で暮らすには手狭だったからね。前にも話したと思うが、奥の宮を改装していたんだ。少し不便な場所だけど風光明媚《ふうこうめいび》だし、入れる人がかぎられているからエディも自由に遊ばせられるよ」

祖先の肖像画や漆喰《しっくい》の絵画で飾られたロングギャラリーを通り抜け、ずいぶんひっそりとしてきたなと思ったところ、水音が聞こえてきた。

「ここからの眺めが最高なんだよ」

ジェラルドはそう言って部屋に入ると、入口近くの大きな格子窓を開いてバルコニーへとルイスを誘いだした。外の風が頬を撫でている間に、ジェラルドの指示で女官長がいなくなったことにルイスが気がつかないまま。

ルイスは目の前に広がる壮麗な景色に目を奪われて、それどころではなかった。

帝都の都会的な街並みを見たあとだから、風光明媚と言っても庭があるくらいだろうと思っていた。だから余計、水面にガス灯の灯りが照り返す光景を見て、ルイスは驚いてしまった。

古代風の装飾的な柱がずらりと並んで、その白い影を水面に映しているところは、まるで異国の神殿かなにかのようだ。

「わ、ぁ……すごい！　宮殿のなかに運河があるなんて！　それとも河？　人工湖？」

まるで子どものようにはしゃいで、バルコニーの欄干から身を乗りだしてしまう。

「帝都の城門側から入るとわかりにくいが、この宮殿は河を跨《また》いで建ってるんだ。穏やかな河だからボートを漕《こ》ぐこともできるよ」

ガス灯に照らされて浮かび上がるのは、まるで湖のように大きな河だった。

鏡のような水面に灯りが照り返して、幻想的な雰囲気を醸《かも》し出している。

水面の上にバルコニーが張りだしていて、渡ってくる夜風がひんやりと心地よい。

湖面の向こうには手入れの行き届いた迷路庭園があり、さらに向こうへとガス灯の灯りが点々と続いていた。

どうやら河は、街とは反対側の城の裏側へと流れていっているようだった。

「ここなら広い庭もあるし、滅多に知らない人は来ない。エディを遊ばせるにはもってこいの場所だろう？」

確かにそうだ。芝生の広がった庭に連れて行ったら、エディはきっと目を輝かせてよろこぶだろう。新しい物好きの息子のきらきらした瞳を思いだして、ルイスも一緒に芝生で寝転ぶところまで想像してしまった。

「ありがとう、ジェラルド！　その、わたしは太皇太后さまに認められてないし、どうやって宮殿でエディを育てたらいいかわからなくて……でもここなら気分よく暮らせそう」

奥の宮と言っていたとおり、確かに城門からはずいぶん離れている。

以前見かけたような、新聞記者が紛れこむこともなさそうだ。突然、写真を撮られるような事態が起きないなら、安心してエディを外に出せるだろう。

辺境で暮らしているときもそうだったが、このところずっとルイスの生活はエディを中心に回っていた。

誰が認めてくれなくてもエディはルイスの大切な息子だし、彼が虐《しいた》げられれば悲しい。反対に、エディが楽しそうにしているとルイスもしあわせな気分に浸れる。

エディがままならない強情さを見せるときでさえ、しあわせのちょっとしたスパイスのように感じているのだから、親バカと言われても仕方ない。

唐突に授かってしまった子どもだけれど、ルイスはエディのことを愛していた。

母親を早くに亡くしたせいもあるが、家族に対する思い入れは人一倍強いのだ。結束の固いバランティン一族から離れたいま、エディは自分が守らなくてはとも強く思っていた。

「それはよかった。ルイスにまた逃げられないようにしないと」

「また逃げられないようにってなに⁉」

軽口を叩くように言われて、ついいつものように返していた。

ちょっとしたジェラルドとのやりとりは楽しくて、寺院騎士団にいたときの気分に簡単に戻ってしまう。

（そういえば、お昼を驕《おご》ってもらったときも楽しかったな……）

いま思えば、まるで逢い引きのようだったではないかと、気恥ずかしくもなる。

でも、ジェラルドはずっとずっとルイスが女だと気づかなかったのだから、あれは彼にとって同僚との気軽なランチだったのだろう。

思い出を反芻《はんすう》していると、思わず口元がゆるんでしまった。

(またあんなふうにジェラルドと街を歩けたらいいのに)

皇帝となってしまったいまでは無理だろうか。

エディも連れて三人で街の食堂に行くというのは、ちょっと無謀だろうか。突然むずかって泣きだすときもあるし、人混みに連れだすと疲れるかもしれない。

それでも、想像してみるだけで、ちょっとしあわせな気分に浸れることを発見してしまった。

にやにやと相好を崩したルイスは、ジェラルドの目にはどう映っているのか、気にする由もない。

「ルイス……そろそろ室内に入ろう。体が冷えてしまう」

ジェラルドはなぜか不機嫌そうな声を出してかがみこむと、突然、ルイスを腕に抱きあげてしまった。

「ひゃあっ……な、なに、ジェ、ジェラルド？　いきなりびっくりするじゃない！」

欄干《らんかん》の近くで抱きあげられたせいだろう。河に落ちるのではないかと思ってドキリとしてしまった。たまらずにジェラルドの首にしがみつく。

「こんなことでびっくりするなんて……柔よく巨漢を転がすルイスともあろう人が」

わずか前の不機嫌さなんてなかったかのように、またからかうような調子で言われ、ルイスは小首を傾げた。

（あれ？　いまのは……気のせいだった？）

ジェラルドの機嫌が悪くなるのは、女性が関わるときだけ。

ずっとそんなふうに思っていたから、自分に対してはなにがきっかけで気分が変わっているのか、実はまったくわかっていない。

鼻歌を歌うジェラルドは、まるで踊るように、抱きあげたルイスを振り回して室内に戻っていく。その様子はどう見ても機嫌よさそうだ。

（まぁ、いいか）

単純だけれど、ジェラルドが楽しそうにしてるならいいかと思ってしまう。

ルイスは他人の機嫌とりをするような性格ではなかったけれど、親しい人が悲しむのは嫌いだ。一方で目の前の友だちが楽しそうにしていたら、それだけで自分もしあわせな気持ちになれる。

（もしかして久しぶりにラドクリフやフェルディナンドと会って、よろこんでいるのかな）

ルイス自身、騎士団《よ》の仲間と会えてうれしかったから、そんなふうにも思う。

懐かしさが胸を過ぎっていたからついジェラルドも同じ気持ちだろうと、安易に口にしてしまった。

「そういえば騎士団のみんなは今日は宮殿に泊まってるの？　ゆっくり会える時間はとれそう？」

そう言ったとたん、ジェラルドの纏う空気がぴしりと凍りついた。

抱きあげられたままで聞いたから、ぎくりと身が強張ったのが伝わってしまったのだろう。

さらに強く抱き寄せられる。

「えっと、ジェラルド？　……んんっ」

ぎゅっと身を寄せられただけじゃなくて、器用に唇を塞がれていた。

性急なキスにどきりとさせられてしまう。強く押しつけられたあとでルイスの唇の感触を貪るように蠢かれ、背筋にぞわりと甘い震えが走った。

（どうして……突然わたしにキスするの？）

くらりと頭の芯まで陶酔させられて、ルイスもジェラルドを求めるように、首に回した手が銀糸の髪をかき混ぜる。

ジェラルドの女嫌いのほどからすると、首筋に手を回してこんなふうに髪の生え際から指を入れた女は自分だけだろうななんて、変な優越感に浸ってもいた。

それでいて、一度離れたあとでもう一度唇を塞がれると、息が苦しくて仕方ない。

「ンぅ……んんん――……んむぅ～～～」

（ジェラルド苦しい！　離れて！）

まるで格闘技でギブアップを告げるように背中をばんばんと叩いていると、ようやく解放された。

はぁ、はぁ、と荒い息を吐く唇はどちらのものともわからない唾液で濡れていた。

「そんなふうに睨みつけられたって、ルイスが悪い。やさしくしようと思っていたのに、そんなひどいことを言われると……できそうにない。君をめちゃくちゃにしたい」

「めちゃくちゃにって……な、なんで？」

まるで意味がわからない。なのに、ジェラルドは謎めいた笑みを浮かべるだけでルイスの疑問に答えてくれなかった。

（仕返しをするってこと？　でもなんていうか……もう少し違う響きがあったような……）

以前にも思ったけれど、まるでジェラルドがルイスに執着しているような素振りを見せられている気がして、心臓が不自然に鼓動を速めてしてしまう。

こういうとき、自分とジェラルドはなんて違うのだろうと思う。

ジェラルドは女嫌いなのだし、ずっと自分が女だと気づいてなかったのだから、ルイスをどぎまぎさせる理由なんてどこにもないのに、いつも振り回されている。

自分の魅力を少しは自覚してほしい。

ジェラルドはときおり、本人が意識する以上に人を惹きつけるところがあって、それが皇帝のカリスマ性に繋がっている。いまの言動もそうだ。謎めいたことを言うジェラルドに、ルイスはたまらなく惹きつけられていた。

ルイスがそれ以上、追及できずにいると、ジェラルドはルイスを部屋の奥へと運んだ。

入ってすぐが開放的な応接間で、階下へと続く装飾的な螺旋階段があるところを見ると、どうやら渡り廊下で繋がっているこの部屋は二階で、メゾネットのような作りの離宮のようだ。

ほんのちょっとした家具や窓枠にも植物を模した装飾が施されていて、そんなところにも洗練された帝都の華やかさを見る想いだった。

要塞めいていた質実剛健《しつじつごうけん》な実家とは大違いだ。いまにして思えば、寺院騎士団は実家と雰囲気がよく似ていたから馴染みやすかったのだとわかる。

扉をひとつ隔てた奥へ連れてこられると、天蓋付きのベッドがある寝室だった。大きな布がかかっていて、まるでお姫さまのベッドみたいだ。ベッドにかけられている靴置きの布でさえ、金糸の刺繍付きという豪華さに驚かされる。

ジェラルドはさっきは「君をめちゃくちゃにしたい」なんて言った癖に、やけにやさしくベッドの上にルイスを下ろしてくれた。まるで乱暴にしたら壊れてしまう、大切なものを扱うような振る舞いに、調子が狂ってしまう。

「ルイス、私のマントの留め金を外すのを手伝ってくれないか?」

ジェラルドはベッドの端に膝を突きながら、ルイスの頬を撫でて言った。

またただ、と思う。こういうとき、ジェラルドはとても色気を帯びた低い声を出すから、ぞくりと腰の奥が震えそうになるのだ。

「と、留め金？　ってこれ？」

どきどきしていることが伝わりませんようにと祈りながら、ジェラルドのマントの留め金に手を伸ばした。

留め金に描かれているのは、エナメルで装飾された赤眼の黒竜だ。思いっきり指で掴んだら、汚れてしまうのではと遠慮がちに留め金を探っていたら、ジェラルドの手がルイスの耳に伸び、赤い髪を梳《す》くようにして撫でた。くすぐったい。

ルイスが真面目にマントを脱がせようとしてるのに、ちょっかいを出されて、ジェラルドの手から逃れるように身を捩る。

「もうっ、ジェラルド！　いい加減にして、わたしは真面目にやってるんだから……っと、とれた！」

ようやく留め金のきっかけに指先がかかり、マント止めが外れた。天鵞絨のマントを傷めないように、刺さっていた針を抜くと、また留め金を元に戻して綺麗なマント留めをどこに置こうかと視線を彷徨わせた。

「貸してごらん、ルイス」

ジェラルドはルイスの手から留め金を奪うと、壁際のキャビネットにことりと置いて、そのまま流れるような仕種でマントを脱いだ。

まるでルイスの苦労なんていらなかったみたいで、少しだけむっとさせられる。

(あの夜もそうだった……服を脱ぐだけのほんのちょっとした仕種が、ジェラルドはさまになっていて……)

ジェラルドが酔って部屋にやってきた夜。

ルイスの人生を決定的に変えてしまった夜のことを、ルイスはいまでも鮮明に覚えている。

「では、服のボタンも外してさしあげましょうか、陛下」

あえて気取った調子で言うと、ルイスはジェラルドと向き合って、長上着のボタンを外しはじめた。このところは侍従が夜着に着替えさせてくれたあとでベッドに入っていたから、こういうやりとりも新鮮な気分になる。

盛装というのは、ひとりで脱ぎ着するようにできていないのだ。運命の夜に、ルイスがうっかり背中の編み上げの紐が解けないなどと、ジェラルドに言ってしまったように。

「なんだか、こういうのおかしい。本当にジェラルドと夫婦になったみたい」

「本当に夫婦になったんだよ、ルイス。君はもう私のものだ……」

ため息を吐くように囁かれて、ぞわりと背筋に甘い震えが走った。

正直に言えば、自分がこんなふうに男性の声で蕩かされそうになってしまうなんて、ルイス自身、いまでも信じられないでいる。

ジェラルドの声が人より魅惑的なのは以前から感じていたけれど、それでも、腰が抜けそうになる心地に驚いていた。

くずおれるようにして、思わず、ベッドに座りこむ。

すると、胸をはだけた状態でジェラルドが覆い被さってきた。

橙色《だいだい》の仄明かりのなかで見る彼は、肌を見せた自分がどれだけ色気を帯びて見えるのか知っているのだろうか。ルイスは凍りついたように動けなかった。

顔が整っているだけじゃなくて首筋から鎖骨にかけてのラインも綺麗だなんてずるい。

ジェラルドがもっと華奢で胸筋なんてない優男だったら、簡単に払いのけられたのに。

体格差で押し倒されてしまうと、なんだか悔しかった。

自分にないものをジェラルドがすべて持っているようで、敵わないと思わされてしまう。

ただ力で押し倒されると言うより、ジェラルドの体のひとつひとつが、ルイスの目に魅力的に見えてしまうことに敗北感を覚えていた。

(神様ってなんて不公平なんだろう……ジェラルドは天からの贈り物を二物も三物も与えられていて……)

辺境伯の第一子として、男に生まれればよかったのにと思ったこともある。

敵が襲ってきたときに、ルイスを見ただけで逃げだしてしまうような、体格がいい男だったらどんなによかったのにと思ったことも。

その一方で、洗練された都会の令嬢たちを見ては、自分の田舎っぽさにため息を吐くのだ。我ながら矛盾してると思う。誰にも打ちあけたことがないルイスのささやかな劣等感を、ジェラルドという存在はいつも刺激していた。

彼の指がルイスの髪の生え際から赤い髪を梳いて、そのまま耳の裏を撫でる。

赤い髪も苦手だと思うときもあった。寺院騎士団のように、さまざまな階級の人間が集まる場所であっても、否応《いやおう》なしに目立ってしまうからだ。

なのにいま、ジェラルドの指先がそっと大切な物を扱うように撫でてくれるから、まぁいいか、なんて思ってしまう。

ジェラルドは知らないだろう。彼の指先がいまルイスにちょっとした魔法をかけていることなんて、夢にも思っていないはずだ。

彼が何の気なしにやっている仕種も、男に口説かれた経験がない初心なルイスにしてみれば、彼の手管に溺れさせられている気分だ。

「んぅ……ふ、ぅ」

髪を撫でながらのキスも、ジェラルドが膝を突くたびにかすかに軋《きし》むベッドの音も、暴風雨のようにやってきた初めての夜よりずいぶんとやさしい。

これが正式に結婚式を迎えての初夜だからなのか、それとも、新婚用に改装してくれたという奥の宮の壮麗な光景に感動したからなのか、ルイスには区別がつかなかった。

あるいは、戴冠式と結婚式を終えて、時間に余裕ができたからなのかもしれない。

（このところ、ずっと忙しかったから……）

こんなふうにゆっくりと夫婦の夜を過ごすのは、実は初めてなのだった。

背中に回ったジェラルドの指先がくすぐったく蠢いて、ドレスの上衣《じょうい》をゆるめていく。

器用な指先が前側にあったコルセットの結び目を探りあてて、ぴーっと解いたとたん、胸がふぅっと楽になった。

こんなふうに、ドレスをジェラルドに脱がされていくのは、よく考えてみれば、三度目だ。初めてのときはよくわからないままに終わり、二度目はもっとめちゃくちゃだった。立ったまま窓際で抱かれるなんて、どう考えてもおかしい。

宮殿に来てからも夫婦生活だからと抱かれていたせいだろう。ドレスを脱がされるのもだんだん慣れてきて、ジェラルドを観察する余裕が出てきた気がした。

（女嫌いのくせに、あいかわらずドレスを脱がせるのがうまいんだから……）

少しだけ笑えてくる。

くすりとルイスが笑いを零したのを、どういう意味だと捉えたのだろう。ジェラルドが声の調子を落として訊ねてきた。

「ルイスは意外と余裕があるんだな……さすがに一度はほかの男と結婚を決めただけあって、

初夜なんてもう慣れたものか？」

「べ、別に慣れてなんていな……ひゃぁっ」

ルイスが反論しようとすると、まるで言い訳なんて聞きたくないと言わんばかりに、ジェラルドはコルセットからまろびでた胸を両手で寄せ、つんと上向いた胸の尖りを舌でつついた。

急に刺激を与えられて、びくんと背が弓形になる。

「やっ、そこ……は……っぁあっ、あぁ……ッ！」

ジェラルドの舌先は、乳頭をつついたあとで括《くび》れをくるりと回って、敏感なそこを弄んだ。

やわらかい舌でつつかれると、指先で触れられるのとは違う疼きがずくずくと湧き起こる。

双丘を揉みしだかれる感触にも乱されて、ルイスの体がびくびくと跳ねた。

「は、ぁあ……ンぁあ……」

ひとしきり舌先で乳頭を弄ばれたあとで、しどけない吐息が零れる。

ずっと責め立てられているときより、解放されたわずかな瞬間のほうが、なおさら悩ましげな声が漏れるのだと、いまさら知ったようだった。

しかし、猶予を与えてくれたのは、ルイスの体に残っていた服を脱がすためだったらしい。

膨らんだスカートのリボンを解いて、ペチコートごと引きずり下ろされると、ズロースの腰紐にもあっというまに手をかけられていた。合間に自分の上着も脱いで、床に投げ捨ててしまう。

金糸の縁取りがついた豪奢な衣装を投げ捨てないでほしい。

そう思ったが、上着を拾う余裕なんてもちろん与えてくれなかった。ルイスの体に中途半端に残っていたコルセットも剥ぎとられ、生まれたままの姿にされてしまう。

初めてのときは服を脱がせるのが妙に手慣れていると思ったが、ここまですばやいと、怒りに任せてやっているように見えた。

ジェラルド自身の編み上げの靴は、ルイスが履いていた踵《かかと》の高いヒールより脱ぐのが大変で、

「くそっ」と彼にしては珍しく悪態をついていた。

拙速にルイスのドレスを脱がせたのは、苛立っているせいなのだろうか。トラウザーズの前をゆるめるときも一回でうまくいかないようだった。

「ルイスの亡くなったという恋人とは……いつどこで知り合ったんだ？」

ジェラルドが服を脱ぐところを興味深そうに眺めているところで、唐突に問いかけられた。

「は？　亡くなった恋人って……」

──誰それ？

うかつに口にしようとして、すんでのところで自分が吐いた嘘のことを思いだした。

嘘というのは、どうも苦手だ。一回しか顔を合わせない相手ならともかく、何度も何度も嘘を重ねていくうちに、胸が軋むように苦しくなってしまう。

（そもそもジェラルドのせいなんだから……わたしが嘘を吐くような羽目になったのは……）

どうしてあの夜、ルイスのことを抱いたのか。

薬や酒のせいだったとしても、なぜ覚えていてくれなかったのか。

ジェラルドを責めたい気持ちと、でも、とぐっと堪えようとする気持ちとが鬩《せめ》ぎ合う。

ルイスが口を噤《つぐ》んだ気配を感じとったのだろう。ジェラルドが舌をゆっくりと胸の上に這《は》わせた。

くすぐったいのとむず痒いのとだと、どちらかというとくすぐったさが勝るのに、かすかな
触れ合いで、体の芯がずくりと疼く。

白い肌が汗ばんで、うっすらと赤く染まるのがわかった。

強く肌を苛まれるより、かすかに触れられるほうが感覚は鋭敏になっていく。ゆるゆると腋
窩から手が動いて乳房に触れる仕種にも、ざわざわと官能を掻きたてられていた。

「んんっ、ジェラルド……その、エディのことなんだけど……ぅあッ！」

いま熱に浮かされそうな心地にいるうちに言ってしまおう。ジェラルドが覚えていなくても、
もう嘘を重ねたくない。

勢いに任せて口にしようとしたのに、鋭い痛みが胸の上に襲ってきて、声が途切れた。

首をもたげて見ると、胸の上に赤紫の痣《あざ》がついている。

（あ、これってもしかしてキスマークというやつなのでは……）

寺院騎士団にいるときに、ときどき首筋に痣をつけた団員が冷やかされていた。

彼は新婚だったからやっかみというより、お祝いの意味が強い冷やかしだったが、それでもなにか卑猥《ひわい》な意味なのだろうと、ルイスは遠巻きに見ていた。

(そうか、あれは情事の痕だったから、みんな冷やかしていたんだ)

いまさら理解して、かぁっと頬が熱くなる。

これまで抱かれたときには痕をつけられたことがなかったが、ジェラルドの気分の問題なのだろうか。

(初夜だから……いつもより丁寧に、とかそういうこと?)

朝、出がけに行ってきますのキスをしたがるジェラルドなら、新婚ごっこの一環として考えそうなことだ。自分の甘やかな考えに、かぁっと熱が上がりそうになる。

肌についた痕は生々しくて、動揺していた。

「そ、それ……服の上から見えてしまうところはやめてほしいんだけど……ジェラルド」

自分が冷やかされるところを想像してしまって、いたたまれない。

どうにも恋愛だの結婚だのというものが、ルイスのなかではまだ着慣れない服のように感じて、居心地が悪い。背伸びした自分が、どうにか取り繕っているものを他人から指摘されたらと思うと、耐えられそうになかった。

また、ルイスとジェラルドのことを知れば、先陣切って、からかってきそうな顔が思い浮かぶだけに、羞恥で軽く死にそうになる。

けれども、ルイスが嫌がっていることを、今宵のジェラルドはしたいらしい。

わざわざ体を起こして、ルイスの首筋に顔を埋めると、今度は首筋に同じように唇を寄せた。

「んっ、くすぐった……だからたったいま嫌だって言ったばかりなのに、なんでまた……ひゃうんっ」

首筋を吸いあげられる痛みが襲ってきたあとで、やわらかい唇がルイスの耳朶を啄《ついば》む。しかも、ぞくりと腰の奥が震える低い声を耳元で囁くからたまらない。体の力が抜けてしまって、抗うことはできそうになかった。

「君はもう私のものになったんだよ、ルイス。この痣はその証《あかし》だ。人に見えるところにつけておかないと意味がないだろう？　ん？」

わかったかな？　と言わんばかりに耳の後ろにちゅっと軽いキスを落とされる。

啄むだけの軽いキスがやけに甘ったるい。

そのままジェラルドの唇は、恭《うやうや》しく手にしたルイスの手のひらにも落ちて、次は臍の下の敏感な腹にも触れる。

キスと肌を吸いあげる痣とは、飴《あめ》と鞭《むち》のようだ。こそばゆいまでの甘ったるさと、ひやりとさせられるくらいのジェラルドの嗜虐とを、交互に与えられる気分になる。

太腿の内側の敏感なところにまで唇で触れられると、下肢の狭間はすでに潤んでいた。

彼の唇がどんどん下に降りて、足の甲にまでちゅっとキスをされるのは複雑な気分だ。

押し倒されているのはルイスのほうなのに、まるで皇帝に跪《ひざまず》かれて懇願されている錯覚に陥る。

「……っぁ……わたし……」

肌に唇が触れただけで、指の先まで甘く痺れてしまう。

どうしてこんな言葉にしがたい気持ちにされてしまうのだろう。

身悶《みもだ》えしたくなる居心地の悪さやもどかしさが耐えがたくて、もう止めてほしいのに、もっと荒々しくジェラルドに触れてもらいたいという欲望も疼いている。

「ふふ、すごい。ルイス……ここがもうこんなにぐちょぐちょだ……いやらしい子だね……君は」

ジェラルドの骨張った指先が下肢の狭間に触れたとたん、びくんと腰が跳ねた。ぬぷりと濡れた感触を伴って動かされると、鮮烈な愉悦が背筋を駆け抜ける。

「ンぁあっ、……ひゃあん……ぁあ……」

びくんと体が大きく震えて、淫唇に指が触れただけで早くもルイスは達してしまった。

まるで媚薬を飲まされたみたいだ。

ジェラルドがゆっくりと唇でルイスの肌を侵していくうちに、ぞわぞわと愉悦を感じやすい体に作り替えられてしまったかのようだった。

（こんなの……こんなの……なんで？）

ただ子どもを作るためだけの花嫁じゃなかったのだろうか。

ジェラルドはルイスに対しては、一応好意めいたものがあるから、拒絶反応が起こらないと言うだけで、別にルイスのことが好きで結婚したわけじゃないはずなのに。

(体じゃなくて……胸が、痛い……)

こんなふうに、自分が愛されているのかもと女に錯覚させる手管も、皇帝というのは教えこまれるのだろうか。

(だとしたら、もしジェラルドがほかの人を抱くことができたら、きっとその女の人も溺れさせるのは簡単だったはず……)

事実、ルイスは溺れてしまってる。

足を開かされる恥ずかしい格好をさせられているのに、逃げられない。

淫唇に舌を這わされ、「あっ、あっ」と短い嬌声がひっきりなしに零れる。ただそれだけでは物足りないと、体の空洞がもっと激しくジェラルドを求めているようだ。嘘でもいいから、ルイスが乱れて前後不覚になるくらい、愛されていると錯覚させてほしかった。

「ひんっ、ぁ、ぁあ……そこ、あんまり、舐めちゃやぁ……ぁあんっ、汚いってば……ひ、あぁ……ン、ぁあッ!」

愛液が溢れるたびに舌でかき交ぜられて、もう下肢の狭間が濡れているのが自分のなかから溢れたためなのか、ジェラルドの唾液のせいなのかわからない。

自分の恥ずかしい格好に耐えかねて、手の甲で目蓋を覆う。

そうやって現実から目を逸らしているうちに終えてくれればよかったのに、ジェラルドは違う心づもりらしい。

舌先がいやらしく粘着質な動きで、ルイスの感じるところをつつき転がすと、またしても愉悦の波が大きくなった。

くちゅくちゅと淫らな音がルイスの耳から脳髄までもを侵して、耐えがたく甘美な愉悦へと導いてしまう。

「あっ、あっ、……ン、ぁあ……は、ぁん……ぅあぁ」

快楽の波に呑みこまれて、鼻にかかった嬌声が大きくなる。

自分で聞くのが耐えたいほど、媚《こ》びた声だ。

ジェラルドが欲しいと、こんなにも欲望を露わにしている。なのに、自分だけがこんなにもジェラルドが好きなのだと思い知らされるようで、その欲望を直視するのは辛かった。

(早く……早く終わって……前に立ったまま抱かれたときのように、ただ必要最低限の行為だけで十分なんだから)

なのに、二度目に軽く達してぐったりとしたルイスの体を抱き起こして、なにを思ったのだろう。

ジェラルドはベッドの端に腰かけ、向かい合うようにして、自分の上にルイスを跨がらせた。

　しかも、顎に手をかけてルイスの顔を上向かせると、またぞくりと背筋が震える甘い声で言う。

「ほら、見てごらんルイス。いま君は誰に抱かれている？」

　視線を向けられた先には、大きな姿見があった。

　均整のとれた裸体が薄明かりに照らされて、鏡面に浮かび上がる。

　その膝の上に跨がって、つんと尖った赤い蕾をジェラルドの顔の前にさらしているのは、なにを隠そうルイスだ。

「……なっ、なにを……こ、こんな鏡なんてなんで……やだ……」

　かぁっと耳の後ろまで熱くなるのがわかった。

　自分のしていることを理解してはいたが、視覚で再確認させられるのは、暴力に等しい。

　激しい羞恥が襲ってきて、ジェラルドから逃れようと身を捩ったのに、させてくれなかった。

　ジェラルドの逞しい腕がルイスの腰を軽々と掴んで引き戻し、硬く反り返った己の欲望にあてがってしまう。

「だ、め……こんな恥ずかしいこと……くっ、っぁあ……は、ぅぁあ……んっ……」

　いやいやと首を振って抗ったのに、向かい合ったまま、ジェラルドの肉槍を淫唇に挿入されてしまった。しかも、潤んでいた蜜壺は、やっと空隙に求めていたものを与えられて、うれしそうに奥へ奥へと蠕動《ぜんどう》している。

ひくり、と膣道が収縮するたびに、たまらなく愉悦が腰の奥に湧き起こった。ぶるりと背筋が震える。

「は、ぁ……嘘、違う、わたし……あぁっ、や、動かな……いで……ひゃぁっ」

体を繋げた状態が鏡に映って、目の端にちらちらと映る。

自分のこんなあられのない姿を見るのは初めてだし、ジェラルドとまぐわっているところを見るのももちろん初めてだ。

（ああ……どうしてこう……ジェラルドはわたしを困惑させてばかり……）

とまどってしまうのは、ただ恥ずかしくて信じられなくて拒絶したいという気持ちのほかに、少しだけ満たされている自分がいるせいだ。

「ルイス……ダメだ、ちゃんと見ないと。君を抱いているのは誰かって聞いている」

言いながら、ぐりっと肉槍の亀甲を膣内に押しつけられて、びくんと腰が揺れた。

「誰かって……それは……ジェラルド……です。ジェラルドが、わたしを抱いて……」

口にしてみると、これが本当のことだという実感が強くなる。

いまジェラルドの手に抱かれているのはルイスで、彼の肉槍に体を貫かれているのもルイスだ。見知らぬほかの女性ではなく。

（ジェラルドは……わたしを抱いているんだわ……）

その優越をどう言葉に表現したらいいのか。

ちゅっ、とジェラルドが鎖骨のあたりに口付けを落とす仕種にも、胸が甘くときめいてしまう。

ほとんど無意識に、彼の首に手を回して銀糸の髪をかき混ぜていた。

女嫌いのジェラルドのことだ。うなじのあたりの髪に触れたことがある女性はルイスくらいだろうと思うと、いつも愉悦を覚える。

帝都の令嬢と比べたら田舎者だし女らしさに欠けるしと劣等感を抱いてるのに、そんな自分が彼女たちには許されないことをしてるのと思うと、自然と口元がゆるんでしまう。

向かい合って青灰色の瞳と絡みあう視線すら甘い。引き寄せられるように、顔を寄せると、ジェラルドがゆっくりと睫毛を俯せた。

「んっ……ぅ、ふぅ……」

抱き合ったまますするキスは、世界中のどんな蜂蜜《はちみつ》よりも甘い。

軽く触れて、角度を変えてまた触れて。

(ああ……やっぱりキスはダメ、みたい……)

ジェラルドとするキスに、ルイスはいつも溺れてしまう。

もう十分なほどキスをしたと思うのに、それでもやっぱりジェラルドからキスをされるたびに、新鮮な感動を覚えて、うっとりとさせられてしまうのだった。

「ルイス……くっ、動くぞ……こういうのは、楽しいけど……辛い」

自嘲気味な笑いを零して、ジェラルドはルイスの腰を持ち上げた。

一度は体の奥深くまで収まった肉槍を、ずるりと引き抜いて、また体の重みを利用しながら奥へと突き立てる。

「ひゃんっ、あっ、……奥、すごい、当たって……あっ、あ……ふ、わぁ、ンぁあ……ッ!」

腰を動かして抽送させられているから、そのたびに胸が揺れて、それもまた辛い。硬く尖った赤い蕾が、ジェラルドに触れると、ぞくんと愉悦を引きだして、ひっきりなしに嬌声が零れる。

「気持ちよさそうな声を出して……もうこれから先ずっと君を抱くのは私だけだ……ルイス。ほかの男のことなんて忘れさせてやるから」

ジェラルドの言うことはまるで出鱈目《でたらめ》だ。

(わたしを抱いたことがあるのはジェラルドだけなのに。エディはジェラルドの子なのに)

——どうしてこんなわけのわからないことを言うの?

ルイスの欠片《かけら》ばかりに残っていた理性は困惑しているのに、体は快楽を貪っていた。

腰に回された手が肌を撫でると、肉槍が与えてくるのとは別の愉悦が湧き起こり、子宮の奥が痛いくらいだ。

「知っているか、ルイス? こういう女性が上になってまぐわうほうが、子どもを孕みやすいのだそうだ……君と私の子が、早くできるといいな……」

ジェラルドはどこかうっとりとした声で言うと、またルイスにちゅっとキスをした。

体のあちこちに残る、ルイスがジェラルドのものになったという証も、甘ったるいバードキスも、ルイスを恍惚とさせてしまうから、危険だ。

「でも、ジェラルド……あの……ンあっ……あっ、あっ……んんっ」

――もうあなたとの子どもはいるの。

そう言いたいのに、肉槍を抽送されると、嬌声に呑みこまれてしまう。

「ぁあん……ひゃ、ぁあっ、あっ……ンあっ……ぁあんっ」

抽送を速められると、ぞわぞわという、背筋を和毛《にこげ》で撫でられたときのような気持ち悪さと心地よさの境目のような震えが湧き起こり、腰が揺れる。

「ほら、こんなに赤い蕾もおいしそうに熟れて……ん？」

執拗《しつよう》にねばっこい声を出して、ジェラルドが赤い舌先で乳頭をつついたとたん、鮮烈な愉悦が足の爪先から天辺までを駆け抜けた。

「ひゃぁんっ、あっ、あっ……もぉ、もぉ……ふ、ぁ……ンぁあァ……――ッ！」

びくびくとまるで痙攣《けいれん》したように体が跳ねた。

体の奥に精を射出されたのと、ルイスの頭が真っ白になったのと、どちらが先だったかはわからない。

絶頂に呑みこまれて、ふぅっと意識が途切れてしまった。

くたりと、ジェラルドにもたせかかるようになったルイスを抱きとめて、ジェラルドは思惑ありげに口角を上げて微笑む。

「ルイス……私のルイス。まだだ。まだ夜はこれからだ……」

そう言うと、ルイスの体をベッドの上に横たえて、鼻先にちゅっとキスをする。

そのやさしい仕種とは裏腹に、ジェラルドの欲望は何度も何度もルイスを絶頂へと駆り立てて、窓の外で空が白んでくるまで続いたのだった。

第七章　友人たちの助言どおり告白したけどうまくいきません

結婚式の翌朝がこんなにも気怠《けだる》いとはルイスは知らなかった。

一日中、式典に追われてたこともそうだが、なにより明け方までジェラルドに抱かれていたせいで疲れ切っていたらしい。まるで体が石になったかのように重たくて、目をどうしても開けられなかったのだ。

ルイスは完全に寝坊してしまった。

「ルイス、君はゆっくり休んでいていいから……行ってくる」

そう言ってジェラルドが自分の額にキスして出ていったのは、ぼんやり覚えている。

初めて味わう新婚の朝とは、こんなに甘いものなのかと、昨夜からもう砂糖てんこ盛りのスイーツを頬張りすぎたみたいに食傷気味だと思う一方、ベッドのなかで相好を崩してジェラルドのキスを反芻していたら、また眠りに落ちてしまった。

次に目を覚ましたのは、エディが呼ぶ声のせいだった。

「おはよーママー。あさだよ？　もうおひるだよ？」

「あ、エディさま。不用意に走りだされますと危ないです……きゃあっ！　大丈夫ですか、お怪我《けが》はありませんか？」

そんな騒がしい――ルイスにとっての日常の声で、ぱっと頭が覚醒する。

ごんっ、という危険な音はエディが転んだのか、物を落としたのか。

慌ててローブを羽織って飛び起きた。

寝室の扉を勢いよく開いて応接間に出ると、ルイスが起きたことに気がついたのだろう。アネッサがすばやく立ちあがり一礼する。今日の侍女当番はエマのほうらしい。エマも近づいてきて体を屈めるお辞儀をした。

「おはようございます、皇后陛下」

エマは礼儀正しい口振りで言うと、すぐに朝のお茶をお持ちしますねと下がっていく。

「おはようございます、ルイスさま」

「おはよー、ママ」

エディは床に座りこんだまま、元気な声をあげた。その様子からすると、自分が痛い目にあったわけではなさそうだ。ほっとしたと同時に、重たい落下音の正体に気づく。

分厚い革表紙の本が床に散乱していたからだ。おそらくローテーブルの上に積んであったのだろう。エディがぶつかって落としてしまったようだった。

そのうちの一冊をとりあげて、ローテーブルの上に並べ、傷痕がないかそっと撫でていると、

「ごほん、いたいいたいの？」

「ええ、本だっていたいいたいわよ」

エディもルイスの真似をして、本の革表紙を小さな手で撫でた。

幼い子は他人の感情に、意外と敏感だ。理解していないように見えて、なにかを感じとる。

だから、不思議そうに首を傾げたときには、言葉で彼の気持ちや行動を表してあげるのが重要なのだ。

自分の行動の意味をひとつ知るたびに、幼い怪物は、人らしくなっていく。

「エディも転んだら痛いでしょう？　だからむやみに物を落っことしたり、乱暴に扱ってはいけないのよ？」

「はい……ねぇ、ママ。おにわであそぶ？」

エディは落とした本のひとつを自分でどうにか持ち上げて、ローテーブルの上に置いた。あまりにも重たそうだったから途中からルイスがとりあげようとしたのだけれど、嫌がったのだ。

なんでも自分でやりたがるから、見ているだけのほうが辛抱強さを求められてしまう。

「そう、ね……ここの庭は遊べると思うわ。ママがなにか食べるまで待ってね」

（ジェラルドのあの言葉は、エディをここで遊ばせてもいいって意味よね……確かにこの、裏側の庭は人がいないみたい）

裏側という表現が正しいのかわからないが、城門からは建物を隔てているせいで、奥まっている。

けれど、ひっそりと小さな庭というわけではない。動物の形に刈りこまれた植木や季節の花が見える整然とした庭園があり、その隣には湖のようなゆったりとした河が広がり、とても壮麗な光景だ。

これが皇帝夫妻のためだけの庭なのだとしたら、帝国の威信や皇帝の権力といったものがいかに巨大なのか、うかがい知れる。

今朝は家族での朝食はなしだった。

驚いたことに、ジェラルドはちゃんと仕事に行く前にエディに行ってきますのキスをしていったらしい。

「こちらの奥の宮にはモーニングルームがございますから、明日からは明るいお部屋で朝食が食べられますよ」

などとエマがにこにこと話してくれた。寝坊してしまって申し訳ない。

用意してくれた簡単な朝食とお茶を飲むと、着替えを手伝ってもらった。その間、エディは待ちきれない様子で何度も何度も「ママ、まだぁ?」と催促に来たほどだ。

ようやく庭へと連れだすと、久しぶりの芝生《しばふ》がうれしかったのだろう。エディはルイスが心配になるくらい、はしゃいだ声をあげた。故郷にいたときからお気に入りだったテディベアを片手に持ち、花が咲いている花壇へと近づいていく。

ルイスはエディのおもちゃである木製の手押し車を置いて、ガーデンテーブルと揃いの椅子に腰かけた。

日射《ひざ》しは強いが、近くに河があるせいだろう。風は涼しい。

「ああ……なんだか、外に出るの久しぶりね」

大聖堂に行ったり、挨拶に行ったりというお出かけはあったが、すべて馬車での移動で行き先は街中だった。田舎でのんびりと暮らしていたせいか、家族だけでピクニックというのは、ほっとした心地になる。

先に頼んでおいたお茶とバスケットをエマが運んでくると、

「皇后陛下にお会いしたいと、辺境伯の名代で来られたコーリンさまがおいでになっておりますが……こちらにご案内してよろしいですか？」

「コーリン？　ああ、もちろん！」

ちょうどよかった。昨日はゆっくり話す時間がなかったから、父親が元気にしているかどうか、コーリンの口から聞きたいと思っていたところだ。

ルイスが了承すると、しばらくして案内されたコーリンがやってきたのだった。

「こーりん！　たかいたかいして！」

よろこんだのはエディだ。昨日久しぶりに会ったときはきょとんとした顔をしていたのに、子どもというのは現金なものだ。自分と一緒に遊んでくれる親戚だということを思いだしたとたん、またコーリンが大好きになったらしい。

(ジェラルドが見たら、また焼き餅を焼きそう……)

ふて腐れた顔を思いだして苦笑いが漏れた。

ジェラルドもエディと仲よくなろうと努力してくれているのはわかるのだが、コーリンと比べると子どもの扱いに慣れていない。どうしたって子どもがコーリンに懐いてしまうのは、無理もないと思ってしまう。

「ここはいいな。宮殿のなかではのんびりしてて」

エディを軽々と抱きあげたコーリンも、この庭を気に入ったのだろう。昨日よりすがすがしい顔をしていた。

「エディ、ちょっとママと話があるから、アネッサと遊んでいてくれ」

「えぇ～～こーりん……たかいたかいは?」

子どもらしく不満を態度に表したエディに、コーリンは辛抱強く言い聞かせる。

「高い高いはあとでな。ほら、芝生の上で遊んでろ」

コーリンはエディをふかふかの芝生の上に下ろすと、行きなさいとばかりに背中を押した。

こういうところが子どもの扱いがうまいところだ。

遊びたいとか眠たいとか、エディがしたいことをさせるのは簡単だ。だが、我慢させるときは、ただ我慢させるより、ほかのことをするように誘導したほうが素直に言うことを聞く。

エマにも目配せをして少し離れたところに控えてもらうと、ルイスは気になっていたことを矢継ぎ早に尋ねた。

「辺境は変わりないかしら。お父さまはどう？　叔母さまもお変わりない？」

「領地はこれまでとあまり変わりないが、うちの母はルイスがいなくなって淋しがってるよ。伯父上は……少し元気がなかったかな。エディがいなくなったせいだな、あれは」

肩をすくめて見せたのは、ルイスが妊娠して帰ってきたときには怒って勘当したくせに、という意味だろうか。

父親が孫のエディを見たとたん、ルイスを許して、しかも爺《じじい》バカになってしまったのは皮肉としか言いようがない。その大事なエディがルイスと一緒に帝都に来てしまったから、父親の落胆は相当なものだっただろう。

（お父さまには少しだけ申し訳ないことをした……）

でもジェラルドから——というより、皇帝から突然、結婚しろなどと言われて、ルイスにはどうしようもなかったのだ。もちろん、辺境伯である父親にしても、皇帝の命令に逆らえるわけがない。

（エディを叔母に預けるほうがよかったのかもしれないけど……）

それはルイスができなかった。ジェラルドからエディの教育を帝都でしたらどうかと持ちかけられたせいもあるが、一番の理由は自分が母親と死に別れているからだろう。まだ幼い子どもを手放すことがどうしてもできなかったのだ。

故郷の便りを聞いて、しんみりとルイスが黙ったところで、これが今日の訪問の本題だと言わんばかりの神妙な顔をして、コーリンが切りだした。

「君に話をする余裕がなかったのだが……実は昨日、アネッサがエディの面倒を見ているときに、さらわれかけたんだ」

まるで秘密の打ち明け話のようにひそひそとされたのは、とんでもない内容だった。驚きのあまり、ルイスの声が一段と高くなってしまう。

「え、エディがさらわれかけた？　そ、それ本当に!?」

「しーっ、大きな声を出さないでくれ。誰かに聞かれたらまずい」

見るかぎり、周囲には人がいない。でも、ルイスとエディには護衛がついているし、エマだっている。誰かが植えこみの陰に隠れられないこともない。

侍女や庭師といった使用人たちは、普段からルイスたちに見えないように仕事をするので、本当に誰にも聞かれたくないことは声を潜《ひそ》めたほうが安全なのだった。

「あ……ごめんなさい。昨日って式典のとき？　それとも舞踏会のとき？」

どちらも人がたくさんいたのだから、怪しい人物が紛れこんでいた可能性はある。護衛はもちろんいたはずだが、あれだけ混雑していたのだ。エディに近づく機会もあっただろう。

（わたしが皇后になるのを非難してのことかしら？　それとも、エディがかわいいから新聞で見てさらおうとしたの？）

ルイスを歓迎しない太皇太后の顔が浮かんだ。ぎゅっと、指が白くなるくらいスカートを握りしめる。

「大聖堂から宮殿に移動しようと親族席を離れたあとだ。通路が狭かったし、知り合いに話しかけられたのもあって、一度、アネッサと別れたんだ。すぐに忘れ物に気づいて、アネッサを追いかけたところで……悲鳴が聞こえて」

「あ、アネッサはなにも言わなかったけど……なんで？　怪我はなかったの？」

いますぐそばでエディといるのだから、アネッサも無事だったことはわかる。

それでも、自分のすぐ近くで悪意が明確に示されたことが怖くて、ルイスの手は震えが止まらなかった。

自分に向かってこられるならともかく、エディもアネッサも武力を前にしては無防備だ。

バランティン一族の娘にしては珍しく、アネッサは剣をもって訓練したことがないのだと言う。そのかわりというのもおかしな話だが、性格は穏やかで、エディの我儘《わがまま》にも声を荒らげないし、あまり振り回されない。子どもの世話をするのはとても上手だ。

金髪をお下げにした見た目はまだ幼さが残るが、ルイスの目から見てもかわいらしいし、変な貴族に目をつけられないかと、ちょっと冷や冷やしてしまう。

「そうね……アネッサが狙われたということも考えられるのかも……」

手を顎に当てて考えこむルイスに、コーリンがまた声を落として言う。

「いや、狙われたのはエディで間違いないと思うが……ルイス、エディのことだけど……聞いていいか？」

「エディの……こと？　な、なに？」

疑問系での問いかけは、一見、ルイスに拒否する余地を与えてくれているようで、まったく逆だった。真剣な声音には、今日こそ最後まで追及するという強い覚悟が滲んでいる。

どきり、と心臓が大きく一打ちする。

できれば聞かれたくない。そう思ったけれど、これまで十分逃げてきたこともルイスにはよくわかっていた。

「もう、いいだろう？　なぜそんなに隠すのかわからないが……エディの父親はジェラルドなんだろう？」

前置きもなく核心を突かれて、ルイスは心臓が飛びあがるくらい驚いてしまった。

今日こそは真実に向き合わなくてはいけないのだと思うのに、実際に突きつけられると、決心が揺らいでしまう。

嘘というのは、秘密にした時間が長ければ長いほど重たくなっていくのだと、いまさら気づいた。

気軽に口にしたはずなのに、自分を楽にするために吐いた嘘なのに。

いつのまにか雁字《がんじ》搦《がら》めにされていたのだ。

「……ッ」

なにか口にしようとして、でもなにを言ったらいいかわからずに口を噤《つぐ》む。

緑豊かな庭園に、河を渡ってきた風が不意に吹きぬけて、鳥の声が止《や》んだ。

しん、とした沈黙が、巨大な庭園を急に支配したかのようだった。

「もし、エディがジェラルドの子どもだって言ったら……どうなるの？」

自分が皇后になったことさえ、まだ実感がないのに、ふたたびエディが衆目にさらされたとき、自分は彼を守れるのだろうか。

「どうなるかは俺にもわからない。でも、エディがジェラルドの子どもなのでは、と書き立てた記事もあったから、エディが狙われたのはそのせいかもしれない」

「ジェラルドの子どもだと知られたら……やっぱりエディは命を狙われるの？」

動揺するあまり、ルイスが思っていたより大きな声になってしまった。誰にも聞かれてはいけないと思っているのに、感情が昂ぶってしまい、声の震えを抑えられない。

その可能性を考えなかったわけじゃない。先帝が暗殺された噂もあったから、エディは皇族にならないほうが安全だろうとの目論見もあった。

でもそれはこれまで、どちらかと言えば、自分を守るための言い訳の意味合いが強かった。

エディの父親は死んだのだと、とっさに自分が吐いた嘘もそうだ。

エディを守るために必要な嘘だったのだと、自分を正当化できたからだ。本当はジェラルドに真実を打ちあける勇気がないだけだったのに。

（わたしって……酷《ひど》い母親だわ）

だからエディがジェラルドと仲よさそうにしていると、胸が痛くなってしまう。あれは良心の呵責《かしやく》だった。ルイスが嘘をつかなければ、ふたりはもっと前から家族として暮らせたのかもしれないと、ちくちくと訴えていたのだ。

ルイスが愕然と言葉を失っていると、がさり、と植えこみの陰から大きな音が響いた。びくりと身を強張らせる。

「そこにいるのは誰⁉」

コーリンがルイスを庇《かば》うようにさっと前に出る。

（まさか、エディを襲った犯人に聞かれた⁉）

ひやりと背筋が寒くなったところで、植えこみから伸びた影がじわりと動く。

「悪い……隠れて聞くつもりじゃなかったんだが……」

「なんか深刻な話をしてるようだから、声をかける機会を失ってしまって……」

ばつの悪そうな顔で現れたのは、ラドクリフとフェルディナンドだった。

知己の顔を見て、コーリンが安堵《あんど》したように構えを解く。でも、ルイスはその背後でいまにも泣きだす一歩手前の子どものような顔で、息を呑んだ。

「ラドクリフ、フェルディナンド……まさかふたりとも……いまの、聞いて……」

ルイスの震え声に、背が高い青年たちが一瞬顔を合わせてからうなずく。

終わったと思った。ルイスが隠してきた秘密はもう暴かれてしまう。がくりと芝生の上にくずおれた。

「だから悪かったって、ルイス。久しぶりに会うんだし、子どもの顔も見たかったからさ、ジエラルドに話したら、ここにいるだろうって言うんで許可を出してくれて」

「そうそう……それに」

ラドクリフの言葉に相槌《あいづち》を打ったあとで、フェルディナンドはアネッサと遊ぶエディに目を向けた。エディは新しく現れた青年たちに気づいて、アネッサになにごとかを告げる。すると、アネッサが慌ててエディを連れて、近づいてきて一礼した。

ルイスは忘れがちだが、ラドクリフもフェルディナンドも大変やんごとなき家柄の人々なのだ。本人たちのやることが俗っぽいからといって、礼儀を疎《おろそ》かにできない。

もとから宮殿にいたエマは、ふたりの顔を知っているのだろう。優雅なお辞儀をしたあとで、

「私、お茶の追加を頼んできますね」

そうルイスに告げて、すばやく、建物へと戻っていく。

覆水盆《ふくすいぼん》に返らず――いまさら起きてしまったことは元に戻せない。ルイスはエディに手招きして、近づいてきた小さな肩に手をかけた。

「エディ、この人たちはママのお友だちよ。こんにちはってご挨拶して？」

「こんにちは！　こっちはローラントだよ。ねぇ、いっしょにあそぶ？」

エディは唐突に現れた大人にも物怖じせず、元気な声を出した。こういうところは、確かにジェラルドが感心したように頼もしいくらい肝が据わった子だ。

しかも、お気に入りのテディベアの名前を教えてあげるなんて、今日のエディはずいぶんと機嫌がいい。

（やっぱり外で遊べてよろこんでいるんだわ。ジェラルドによくお礼を言わないと）

ラドクリフがいち早く答えて、「よーしエディ、なにをして遊ぼうか」などと言いながら、エディを抱きあげる。

エディはきゃっきゃとうれしそうな声をあげて、ルイスたちに無邪気に手を振った。そのふたりの様子を眺めながら、

「ああ、やっぱりよく似てる。間近で見てもそっくりじゃないか」

フェルディナンドがやけに懐かしげな声を出して言ったのだ。

「似てるって誰に？」

などと首を傾げて訊ねたルイスは、あまりにも考えが足りなかった。

公爵家のフェルディナンドは帝都育ちなのだ。誰を指しているのかは、言うまでもない。

「もちろん、彼のお父さんにだよ……ルイス。新聞に「ジェラルドの子では？」なんて書き立

てられて当然だ。知っている人がエディを見たら、真っ先にこう思うはずだ……『子どものころのジェラルドにそっくりだ』ってね」

「あ……」

やわらかい物言いで諭されて、ルイスはようやく理解できた。

以前、宮廷で太皇太后がルイスを認めないと言ったときの様子を思いだす。

――『ところでルイス嬢の子どもというのは陛下の子ということはないのですかな？　もし婚姻前にできた子だというのが醜聞になるからという理由で隠しているだけなら、正直に申しあげてくださってもいいのですぞ、陛下』

フィリップ公はそう言ったのだ。

新聞に載った写真か、宮殿に上がったときにか、彼はエディを見て気づいたのだろう、子どものころのジェラルドにそっくりだと。それがあの発言に繋がったのだ。

フェルディナンドもそうだ。ルイスの言葉よりも雄弁に、エディという存在自身が、ジェラルドが父親であることを証明してしまう。

「こういうのは本人より、周りのほうがよく見てるものだ、ルイス。なにせジェラルドを育てた人たちは、毎日、幼い彼の顔を見ていたのだからね」

「というより、子どもができたんだから、そういう……アレがあったんだろう？　ジェラルドはなんで気づかないいんだ？」

エディの相手をしながらも聞き耳を立てていたらしい。ラドクリフが唐突に話に割りこんできた。

「う……そ、それは」

痛いところを突かれたと思った。ある意味では、エディがジェラルドの子どもだと知られてしまうよりも難題となっている。

「その……ジェラルドは……覚えてないらしいの。わたしとの間に、そういうことがあったって……」

ラドクリフのように気軽には口にできなくて、肝心なところを言いよどんでしまったが、それでも意図は通じたらしい。

「はぁっ？」

いっせいに唖然とした声があがる。

「覚えてないってどういうことだ？　だって」

「いや、待て。わかったぞ……ようするにあれだろ。あいつ、ルイスのことをずっと男だと思っていたから……」

「いやいや、ありえないでしょ⁉　媚薬を飲まされたとか酒の勢いで押し倒すのはともかく、記憶にないなんて」

コーリンも含めた三人の青年が、同時に好き勝手を言いはじめて、混沌《こんとん》状態になった。言葉を聞きわけることすら難しい。

たまらずにルイスは頭を抱えてしまう。

（わたしだって、十分頭が痛いのに……）

彼らの気持ちはよくわかる。ルイスだってずっと同じ気持ちだったのだから。はぁ、とため息をひとつ吐いて、どうにか叫びだしたい気持ちを堪えた。

「待って。お願いだからひとりずつしゃべって」

さっとわかりやすく手を挙げたのはラドクリフだ。

こういうとき、同じ寺院騎士団の訓練を受けた仲間というのは、ありがたいと思う。

集団行動でどう振る舞えば自己主張できるのか、共通認識がある。寺院騎士団では、隊長に意見をするとき、姿勢を正してまず手を挙げろと教えこまれていたからだ。

「ルイス、わかりやすくイエスかノーで答えてくれ。とりあえず、ジェラルドが記憶がないからエディを認知していないだけで、エディはジェラルドの子どもということで間違いないわけだな？」

「……うっ、はい、そう……ですネ……」

面と向かってこんなにはっきりと、他人にエディのことを告げるのは初めてだ。

思わず逃げだしそうになる自分を必死で留める。

すると、今度は同じように手を挙げて、フェルディナンドが質問してきた。

「そのことをジェラルドに言ったことは？　エディがジェラルドの子どもだってことは見る人が見ればわかる。外に出すときはもう少し護衛を増やしたほうがいいだろう？」

「そういうことか……昨日、エディがさらわれそうになったのは」

フェルディナンドの言葉を受けて、コーリンが眉間に思いっきり皺を寄せる。エディをジェラルドの子どもではないかと疑っていたにしても、彼はルイスと同じ辺境育ちだ。周りの人が、顔を見ただけでエディの父親が誰だか気づくとは思っていなかったのだろう。

「その口振りじゃあ、もう襲われたのか。警備を厳しくしてもらったほうがいいな……」

ラドクリフはそう言いながら、エディの髪をわしゃわしゃと混ぜる。

その仕種からはエディを心配してくれているのだとわかったが、エディのほうは嫌がっているようだ。

まだ幼いけれど、子ども扱いを妙に嫌がるときがある。子どもの面白いところだ。

「ラドクリフは……自分が当事者になったことがありそうだから聞くけど」

「ん？」

ルイス自身、ふんぎりがつかずに、ここまで来てしまったことを心の片隅で後悔している。

本来なら、ジェラルドとも再会することなく、エディのために吐いた嘘は墓場まで持っていくつもりだったのに、その方法は間違っていたかもしれないとも思っている。

けれども、恋愛だの妊娠だのという話が、ルイスはどうも苦手だ。どう振る舞うのが正解だったのかわからない。

（お母さまが生きていたら、こういうときに相談に乗ってくれたのかしら……）

母親もけっして恋愛経験が豊富だったとは思えないが、父親よりは頼りやすかったはずだ。

ルイスは物怖じする性格ではないけれど、それはこれまで自分の苦手なことにあまり向き合ってこなかったからだ。

「たとえばね、たとえばだけど……知らないわけでもない女性から『子どもができた』って言われて、でも自分には子どもができるようなことをした記憶がなかったとしたら、ラドクリフならどうする？　子どもを自分の子だと認められる？」

恋愛もそうだが、ルイスは相手から拒絶されるのが苦手だ。

ジェラルドのことが好きだからなおさら、エディを拒絶されたらと思うと、とても怖かった。

「それは、まぁ。記憶がないんだから、自分の子じゃないって思うかな……あっ、いやその」

「おい」

ラドクリフが答える間に、ルイスがどんどん暗い顔になったのを見て、少しは気を遣って話せと言わんばかりにフェルディナンドが肘でつつく。

「コーリン……」

やってしまったとばかりに焦ったラドクリフは、コーリンに助けを求めるように視線を向けた。

「自業自得だろ……そうはいってても、こっちはつきあってるのかと普通に思ってたからな。ルイスとジェラルドは仲がよかったし……正直言えば、ルイスが皇后になれないから別れたのだとばかり思っていたんだ」

ラドクリフとフェルディナンドもやけにうなずいているところを見ると、コーリンの話は三人の共通認識だったようだ。

(つきあってるなんて……確かに食事に行っていたのはデートみたいだと思ったけど……)

そんなふうに見られていたのかと思うと、少しだけ複雑な気分だ。

特に、ジェラルドがずっと、ルイスのことを男だと思っていたことを賭けの種にしていたふたりまでもがそう思っていたとなると、どうも心穏やかになれない。

「しかし、まさかジェラルドの記憶がないなんて……あいつ殴ってきていいか」

「ええっ、それはダメでしょう⁉ 皇帝陛下を殴ったら不敬罪で捕まるわよ」

コーリンにしては珍しく感情的な物言いに驚いてしまった。反射的に否定してしまったけど、見えないところならいいかな、なんて思ってしまう。

「でも、ルイス。ジェラルドに話してないなら、まずは伝えてみたらどうだろう？ ほら、噂をすれば、ちょうど本人がやってきたみたいだし」

やわらかい物言いで話をまとめたフェルディナンドが指差した先には、確かにジェラルドの姿が近づいてきていた。

政務をこなしていたからだろう。盛装とは言わないまでも、襟付きのマントに膝まで覆う長上着を纏った姿は、贔屓目《ひいき》で見ても素敵だ。

(寺院騎士団の休日に着ていたようなシャツとズボンだけとか、ラフな服装もよかったけど、やっぱりジェラルドはきっちりした服のほうが似合っているのよね……)

ルイスとしてはひそかに目の保養にさせてもらっている。

帝都に来て一番よかったのは、盛装のジェラルドを何度も見られることだ。

「ジェラルド、お疲れさま。みんなとお茶をする時間はあるの?」

「ああ、少しなら。よかった……みんなまだ揃っているところに間に合って」

ジェラルドは少し素っ気ないくらいの声で答えたくせに、流れるような仕種でルイスにちゅっと軽いキスをした。

ほとんど不意打ちのようなキスに、かぁっと頬が熱くなる。

「ちょっ、ジェラルド……なにをして……ッ」

情事のときのキスは何度もしたし、帝都に来てから、親しげに肩を抱かれたこともあった。結婚式のときの誓いのキスだって見られていたはずだ。

でも、こんなふうに友人たちの前でキスをされるなんて。

こんな甘やかさをルイスは想像したことがなくて、あたふたとしてしまう。

「ひゅーう、さすが新婚さん。見せつけてくれるねぇ」

「ほんと、熱い熱い。独身者には目の毒だな」

「まったくだ……あれは絶対わざとだな、ジェラルドのやつ……」

冷やかしの声だけがやけに大きく耳元に聞こえて、ルイスの羞恥を掻きたてる。

(やめてよ、もう……ああ、でも別にこういうのが嫌だというわけじゃなくて……うぅぅ)

新婚ごっこなんて甘ったるいと思うのに、まんざらでもない自分がいる。

それに、ジェラルドが長年、女性に冷たくしてたのを見ているせいか、素っ気ない態度のあとにこういうことをされると、余計にどきどきしてしまう。

(まるでわたしだけ特別扱いされてるみたい……なぁんてね)

自分に都合のいい考えに傾きそうな心を、理性でどうにか落ち着かせる。

これは夢ではなく、現実なのだ。いくらここにいるのが親しい人だけだと言っても、やはり節度というものがある。

(本当にもう……ジェラルドは新婚教育されたとおりにしているだけなんだろうけど……わたしは慣れてないのだから勘弁していただきたいわ)

彼がルイスに求婚をせざるを得なかった切実な理由。女性嫌いの原因となった結婚したときに女性を抱くための教えに、こういう行為も含まれていたのだろうか。

自分が好きでもない相手に繰り返しキスをさせられるなんて、確かに心が病んでしまいそうだ。しかし、動揺するルイスとは逆に、ジェラルドは慣れたものだ。

「ふふん、当然だ。新婚なのだからな……見せつけてなにが悪い」

などと自慢気に答えていた。

なぜそこで自慢気な顔になるのか。新婚というのは自慢していいものなのか。ルイスも同じように自慢気にしたほうがいいのか、一瞬だけ考えて止めた。

(多分だけど、これは男同士だから許される戯《ざ》れ言のような気がする……)

他愛《たあい》ない自慢のしあいっこなんて、子どもじみていて微笑ましい。

「エディ、どうだ。おじさんたちに遊んでもらってるか？」

「うん！　パパもいっしょにおちゃするの？」

ジェラルドが腕の上に座らせるように抱きあげると、「ほら、見てごらん」と言わんばかりにフェルディナンドに肘を突かれた。

「ふたりともそっくりじゃないか。あれで親子じゃないなんて……さすがに無理があるよ、ルイス」

「そう……そうね」

日に透ける銀色の髪や青灰色の瞳だけでなく、目や鼻の形がよく似てるのだ。特に沈黙して遠くを見たときの凛々しい顔が、どきっとしてしまうくらい、本当によく似ている。

整った顔で笑みを消されると、より冷ややかな印象が強くなるのに、人を寄せつけない、その孤高の雰囲気がなんとも素敵なのだ。

子どもは一時期だけ片親によく似ていても、大人になるにつれ、似た部分がわかりにくくなったりもする。エディに関してもそうだといいと期待していたのに、儚《はかな》い願望に過ぎなかったようだ。確かにエディはジェラルドJr.としか見えない。

「ルイス？　お茶をするんじゃなかったのか？」

ジェラルドはルイスがガーデンテーブルに近づいてこないので、不審に思ったのだろう。子どもを椅子に座らせてやりながら、早くおいでとばかりに名前を呼ぶ。

ジェラルドは初めはおっかなびっくりエディに触れていたのに、一月が過ぎて、ずいぶんと扱いに慣れた。

だからこそ、真実を伝えなくてはいけないのかもしれない。

友だちの助けがあるいま勇気を出さないと、ひとりになったらまた、秘密の重さに負けてしまいそうだ。

（こういうのは勢いで言ったほうがいい）

ルイスがひそかに覚悟を決めていると、頑張れと励ますようにコーリンから肩をぽんと叩かれた。

† † †

ジェラルドはエディからのお遊びめいた攻防を片手で受け流しながら、ルイスとコーリンが視線を交わし合うのを見ていた。

(あいかわらず、仲がよろしいことで)

いま見せつけたばかりだし、ここでルイスをコーリンから引き剥《は》がしに行くというのも大人げない。ジェラルドは冷静になれと自分に言い聞かせて、お茶を運んできたエマと給仕にみんなの分を追加で用意するように指示した。

(コーリンはいつもだが……なんだか、ラドクリフもフェルディナンドも今日は妙にルイスに近づきすぎじゃないか?)

コーリンはルイスの従兄弟で家族同然に育ったと言うから、親しくても仕方ない。なるべくそう割り切ることにしている。

しかし、ほかのふたりは別だ。

ラドクリフとフェルディナンドは、騎士団のなかでもルイスと親しくしていた。

三人とも優れた剣の使い手で、お互いの腕を認めているからこそ、親しいのだとジェラルドはずっと思っていた。

(でも、私以外のみんなはルイスが女なのだとずっと知っていたわけで……)

真実を知ってしまうと、違う見方をしてしまう。

ラドクリフが賭けを種にしてルイスをからかうのは、好きな子に振り向いて欲しいからだろうし、フェルディナンドだってラドクリフほどあからさまではないが、明らかにルイスに好意を抱いてる。

なんだか妙な空気で、ルイスを促しているのはどういうわけなのだろう。

鬱屈とした感情が渦巻くせいで、つい眉間に皺が寄っていたらしい。

エディの高い声にはっと我に返らされた。

「パパ、うんちしたいの？」

「え、いや……大丈夫だ。エディこそ大丈夫か？　それともお腹が空いてるほうが先かな？」

「うん。スコーンにね、ジャムをいっぱいつけてたべるとね、おいしいよ」

たどたどしく話すなかにも、ジェラルドは自分が気遣われているのだと気づいていた。

（エディは自分が甘いものを食べると嫌なことを忘れるってわかっているんだな）

まだ他人の気持ちを理解する年でもないはずなのに、ときどき妙に聡《さと》いところを見せるから、ジェラルドとしても、どきりとさせられてしまう。

「ありがとう、エディ。エディはどのジャムがいいかな？　ブルーベリーにルバーブにいちご。クロテッドクリームも一緒につけるとすっごくおいしいんだぞ？」

子どもには言葉を尽くして説明してとルイスに言われたので、ジャムのひとつひとつを指差して丁寧に教える。意外なことに、慣れてくるとこれはこれで楽しい。

普段は自分より年齢が上の貴族たちを相手にしているせいか、エディが興味深そうにジェラルドの言葉を聞いてくれる様子に、こちらまで楽しくなってくるのだ。

「ルバーブはすっぱいからやだ。いちご！」

「いちごな。了解しました、王子様」

芝居がかった調子で答えると、エディは偉そうに腕を組んでふんぞり返る。こういうちょっとしたやりとりの呼吸で、エディとは気が合うなと思う。

手にとったスコーンをふたつに割ると、なかはまだ温かかった。

クロテッドクリームを塗ると、ほんわりと溶けて、そこにまた要望どおりのいちごジャムを載せる。プレザーブスタイルのジャムはまだいちごの形を残していて、とろりと溢れるソースの部分とつやつやと輝く小粒のいちごとがあいまって、とてもおいしそうだ。

まだ危なっかしい手にそっと手渡してやると、エディは口元にジャムをつけながら頬張った。

「おいしーい！」

エディの口元のジャムを指先でとって、ジェラルドもぺろりと舐《な》める。

「ん、このジャムはすごくおいしいな……レモンのスライスも入ってて甘いだけじゃなくて少しすっぱいところも混じってて……」

ジェラルドは、割ったスコーンのもう半分を手にとると、同じようにクロテッドクリームといちごジャムを載せた。

「ルイス、おいで」

いったいなんの話をしていたのだろう。

ほかのみんなからせっつかれて、いつになく、とまどい顔のルイスを手招きする。

珍しく悪戯心が湧いて、近づいてきたルイスの手を思いっきり引っ張ると、自分の膝の上に乗せてしまった。

「きゃっ、ちょっとジェラルド⁉」

びっくりして身を捩ろうとするルイスのお腹に手を回して、

「ほら、あーんしてごらん？」

と口元にスコーンを運んでやった。

「うっ、え？　ええ⁉　あ、あのジェラルド……」

いったいなんの芝居がはじまったのかと言わんばかりにうろたえるルイスを、逃がさないように堪能する。

膝抱っこされていることと、スコーンを口に運んでいることの、どちらがより彼女の動揺を誘っているのだろう。じりじりと頬が赤らんでいく様子にほくそ笑んでしまう。しかも、

「ママ、このスコーン、すっごくおいしいよ！」

ちょうどおりよく、エディが自分のスコーンを片手に声を挟んだものだから、ルイスは退路が塞がれた格好になった。

「そ、そう……パパにジャムを塗ってもらったの……よかったわね、エディ」

引き攣った笑みを浮かべながらも、エディに声をかけるルイスは母親の鑑《かがみ》だと思う。

「ルイス、あーんは？」

もう一度、耳元で意識的に誘うような声を出しながら、スコーンを口元に寄せた。どうやらエディは今回はジェラルドの味方らしい。

「ママ、あーん！」

という強い援護を受けて、さすがのルイスも観念するしかなかった。

耳の裏まで真っ赤になりながら、震える唇を開く。

（こういうのを嗜虐趣味って言うんだろうな……）

我ながら趣味が悪いという自覚はある。

でも、自分の言葉や行動に反応したルイスが真っ赤になって震えているかと思うと、たまらなく愉悦を感じてしまうのだ。

はむっ、とまるでこの世の終わりのような顔をして、ルイスがスコーンに噛みつくと、

「おおっ、食べたぞ……これが新婚プレイか……」

「はぁ……目の毒だ……」

「あ、ルイス。そんなすがるような目で見られても、これは助けられないから。ごめん」

友だちがいがあるのかないのか、判断に苦しむようなことを言いながら、三人は空いている席に着く。

おそらく面白がられているのだろう。

(そうでなければ、またなにか賭けをしているかだな)

なんでも賭けの種にしてしまうのは、ある意味、ラドクリフの才能だとジェラルドは思っている。自分には到底、真似できそうにないからだ。

しかし、なんだか妙だ。言葉にしがたい三人の同僚とルイスのやりとりを感じる。

ジェラルドが新婚であることを見せつけているから、ではなさそうだ。宥《なだ》められているような、哀れみをかけられているような――そんな視線を同僚たちから感じるのだった。

(本当にいったいいなんなんだ？)

新婚を冷やかされるのはさておき、生温《なまぬる》い視線を浴びせかけられる理由に心当たりがなくて、首を傾げてしまう。

かといってルイスの様子からすると、自分から口火を切って訊ねる空気でもない。ただただ、頭のなかは疑問符で占められるだけ。

しかも、普段はラドクリフほど自己主張が激しくないフェルディナンドが、やけにルイスに「ほら、早く」と言わんばかりの身振り手振りをしているのも気になった。

意を決したように、ルイスが口を開く。

「あ、あの……ね。あの、ジェラルド……その、エディのこと、なんだけど……」

「うん？　エディ？」

なんだ、子どもの話か、とジェラルドは少しだけ拍子抜けしてしまった。

(そういえば、子どもの教育方針について揉める夫婦もいるとか、そんな新聞記事を見かけたことがあったな……)

最近の新聞は、事件性がある内容や皇帝の結婚のような耳目を集めるできごとだけでなく、家庭内のちょっとした記事も扱っている。

これがご婦人方には好評らしく、宮廷でも話題になっていたのだった。

「学校に行かせるにはまだ早いな……遊びの相手ではなく勉強を教える家庭教師も付けたいということだったら、手配しよう。エディはとても賢いし、教育は早くはじめるほうがいいと言うから。ああ、でも変な家庭教師に当たったって、勉強が嫌になったら困るから、もちろん人選には気をつけるとも。ガラハドによく言っておく」

うん、我ながらいい夫ではないか。

エディに帝都で教育を受けさせたほうがいいというのは、ルイスを連れてくるための口実でもあったが、実際、エディと暮らしていると悪い提案ではなかったと思えてくる。

(エディは私の子どもでないにせよ、ここで暮らしているのだし、宮廷での振る舞いも覚えたほうがいいだろう。となると礼儀作法の家庭教師か？　いやまだ、早い気もするが……)

いまエディについているのは、幼児の遊び相手用の家庭教師だ。

宮殿での基本的なことは、都度都度教えてくれるだろうが、座学をするなら別な家庭教師が必要だろう。

先んじてルイスの要望を口にしてやったぞ、と言わんばかりの自己満足に浸っていると、また妙な空気が流れた。

「ああ……ダメだ。こいつわかってない……」

「ルイス、頑張れ……」

「うわ……救いようがない」

同僚たちが頭を抱えて、口々に祈りの言葉を呟《つぶや》いている。

「え、えーっと……そうではなくて、その、ね……あのぅ、ジェラルドは……そう。寺院騎士団で開かれた舞踏会のことを覚えてる？」

どうにも言葉がすんなり出てこないという様子で唸《うな》っていたルイスは、最後には意外な話を切りだした。

「ああ、もちろん。あのとき、ルイスは白いドレスを着ていたな……あのドレスはとてもよく似合って……綺麗だった」

素直に感想を述べると、また腕のなかのルイスが真っ赤になった。

（かわいい……このまま食べてしまいたいくらいだ……）

ずっと女性と言うのはなんて耐えがたい生き物なのだろうと思っていたけれど、ルイスは特別だ。

こういうときの初心な反応を見ていると、新鮮な感動を覚えて、もっともっとルイスのことを知りたくなってしまう。ルイスのすべてを暴いて、自分のものにしてしまいたい。

女性に対して、こんな願望を抱くこと自体、自分の人生にはありえないと思っていた。

（ルイスこそ、神が私のために用意してくれた人に違いない……）

これまでずっと、ほかの女性を嫌悪してきたのも、ルイスと出会うための試練に過ぎなかったのだ、きっと。

そんなふうにも思えてくるから、ルイスと出会えてよかった。

「それでね……その夜、ジェラルドがわたしの部屋に避難してきたのは、覚えてる？」

ルイスがおそるおそるという態で話を続けたところで、エディが退屈しはじめたのに気づいたのだろう。コーリンがエディを抱きあげて、芝生のほうへと連れだした。

「ああ……あのとき」

覚えている。祖母の送りこんできた令嬢とダンスをさせられて、苛立って呷《あお》ったワインに悪酔いして——部屋に戻れば戻ったで、彼女に待ち伏せされていたのだ。

（あんなに悪酔いしたのは、あとにも先にも初めてだったな……）

自分では酒には強いほうだと思っていたのに、ルイスの部屋に辿り着くまでがやけに長く感じた。

扉を開けて、ルイスが部屋に入れてくれたとき、ルイスは天使だと思った。

（ああ、でも……助かったと思ったあとは……よく覚えてないな）

ルイスがいて、舞踏会に出ていたのと同じ白いドレスをまだ着ていたところまでは、かすかに覚えている。

（そのあとで、誘うように髪を掻き上げてうなじを見せたのは……多分、いつもの夢だ）

己の欲望が見せた夢。ルイスが女だったらいいなと思っていたのは、彼女が実は女だと、本能的に気づいていたからなのかもしれない。

女嫌いではあったものの、ジェラルドの性癖は至って普通だったからだ。

女が嫌いだからと親しくなったルイスが女性だと気づかなかったくせに、心のどこでは気づいていて、彼女に惹かれていた。それでいて、認めたくないという気持ちが目を曇らせていたのだろう。いまにしてみれば、そんなふうにも思う。

「ルイスの部屋に着いてからはすぐ寝てしまったと思うが……酔って吐いたりしていたなら、すまない。まったく覚えていない」

そう言ったとたん、周囲の空気がぴしりと凍りついた。ガーデンテーブルの上に広げられた、和やかなお茶の光景が、なぜか吹きすさぶ吹雪《ふぶき》に襲われたような錯覚に陥る。

「覚えてない……というのは本当だったのか……」

「これは賭けてもいい。ルイスが女だといつ気づくかという賭けより長期戦になりそうだぞ、ルイス」

フェルディナンドとラドクリフがまたもや頭を抱えていた。

(いったいなんの話だ?)

政務においては頭の回転は悪くないと自負しているが、人間関係というのはどうも苦手だ。さらに言うなら、ラドクリフが持ち出す賭けの内容も、なにが面白くてみんなが賭けに乗っているのか、その肝のようなものがジェラルドにはわからないのだった。

(ルイスと新入りで戦って、どちらが勝つのか……くらいなら、まぁわかるんだが)

小柄なルイスが、筋肉隆々の相手に投げ勝つのは爽快な見物だった。

(いま思えば、訓練場で初めてルイスが勝つのを見たときに、ルイスに好感を持っていたのだな、私は)

あれは言ってしまえば、一目惚れのようなものだった。

細いし、声は甲高いし。

女性のような風貌をしているのに(実際女性だったわけだが)、剣技では自分より体格のいい男に引けをとらない。

そんな勇敢なルイスが好きで、さらに言うなら、剣で向かってくる敵にはどんな危機的状況でも逃げだしたりしないくせに、自分のちょっとした言動で真っ赤になって沈黙してしまう彼女を見るのが好きだ。至福の時間だと思える。

いまも腕のなかのルイスが、なぜだかジェラルドの言葉に一喜一憂してほんのわずか身じろぎする振動にさえ、満たされてしまっていた。

（ああ……こんな時間が永遠に続けばいいのに……）

恍惚とした感情が溢れるあまり、ちゅっとルイスの赤い髪にキスをする。

「ひゃっ、ジェラルド……!? ま、まだ話をしてるのに……」

「うん、もちろん、ちゃんと聞いてるよ、ルイス」

少し体をずらして、顔をのぞきこむと、真っ赤になった顔は泣きだす一歩手前にも見えた。

敵を前にしてあんなに勇敢に振る舞うルイスを、自分が泣かせてるのだと思うとたまらなく愉悦を覚える。

（これからはずっとルイスとこんな毎日を過ごせるんだから、私はなんてしあわせものなんだろう……）

彼女からはジェラルドの子どもを産んだら辺境に帰りたいと言われていたが、もちろん、許す気はない。エディは大きくなれば辺境に帰らせるが、そうやって母子が別れるのは世の常だろう。

子どもは成長して、親の元を離れるものだからだ。

（いや、辺境に帰らせる前に寺院騎士団に修行に行かせたほうがいいか）

ルイスも自分もしたように、何年かは寺院騎士団に行くのが慣習だ。そんなことを考えながら、ルイスの髪に手を伸ばして撫でていると、ルイスが消えそうな声を漏らした。

「だから、そのエディのこと、なんだけど……うぅ……」

別に話はちゃんと聞いているというのに、いったいなにが問題なのだろう。

「うん、エディがなんだい？」

ルイスの赤い髪を指先で弄びながら、催促するように相槌を打つ。

「エディは、その……ジェラルドの……」

ルイスが意を決したように口にしたときだった。

「ルイス」

まるで警戒を促すような響きで、フェルディナンドが名前を呼んだのだ。

かすかに顎を動かして背後を示す仕種に、視線が誘導される。

母親である皇太后と叔父のフィリップ公が近づいてくる姿が見えた。

第八章　唐突に情勢は嵐⁉

（あああぁ……あと少し。あと少しで告白できそうだったのに……）

ルイスは近づいてくるふたりを、呪いをこめて見つめるしかなかった。

でも、フェルディナンドの警告は正しい。誰が味方で誰が敵なのか、ルイスにはわからない。

ここは一度、話を止めたほうがよさそうだ。

さらに言うなら、ルイスはジェラルドの腕を振り払い、彼の膝の上から慌てて立ちあがった。

残念そうな顔をしても騙されない。まさか、皇太后とフィリップ公の前で膝抱っこを披露する気にはなれなかった。

（できれば、みんながまだ帝都にいる間に支援してもらって打ちあけたいけど……）

ふたりきりだけのときに告白する勇気は、やっぱり持てそうにない。

それに、ジェラルドがやけに甘ったるい新婚ごっこの空気を発してくるので、それにも流されてしまってよくない。

どうにかして、またこういう集まりを作ってもらおうと決心していると、手の空いたジェラルドは、今度はエディを抱き寄せていた。

ふたりが顔を寄せているところを見て、ルイスの心臓はどきりとする。

——『ふたりともそっくりじゃないか。あれで親子じゃないなんて……さすがに無理があるよ、ルイス』

さっき言われたばかりのフェルディナンドの言葉が頭を過ぎり、背筋が冷たくなった。

（ふたりの顔を見比べられないように……しないと……）

フェルディナンドでさえ記憶があったのだから、皇太后もフィリップ公も、ジェラルドの幼いころを当然のように覚えているだろう。

そう思うと、いてもたってもいられなくなった。

「エディはそろそろお昼寝のお時間じゃない？　アネッサと部屋に戻りなさい」

いつになくきつい口調になってしまったのは許してほしい。

ルイスも必死だったのだ。なぜだか、この場の空気がやけにピンと張りつめているような気がして、居心地が悪い。なのに、いつもは聞きわけがいいエディがこういうときにかぎって、我を張ってルイスを困らせた。

「やだ！　パパとまだあそぶ！」

そう言って、ジェラルドの腕にしがみついたのだ。

たまにしか遊んでいないはずなのに、いつのまにこんなにジェラルドに懐いていたのか。

ルイスのほうが唖然とさせられてしまう。

(確かにジェラルドもエディをかわいがってくれていたけど……それともこれが本当の父子の絆なの!?)

愕然とするルイスに助け船を出してくれたのは皇太后・ケーシーだ。ちらりと腰に下げた懐中時計を確認して、

「確かにずっと遊んでいたのなら、子どもはそろそろお昼寝の時間だわね……アネッサ」

母親の威厳とでもいうのだろうか。皇太后の言葉がこの場を支配して、アネッサがかしこまりましたとばかりに体を沈めるお辞儀をする。

「さ、エディさま、こちらに」

「やだぁっ！　パパとはまだすこししかあそんでないのに！　パパぁぁぁっ」

アネッサが手を差しだすのを拒絶して、エディはジェラルドにしがみついていた。

ジェラルドのほうもこんなに嫌がっているのだから、もう少しいさせてやればいいのにという、困った顔をしている。

(違うの……ジェラルド、お願い……)

この状況が早く変わってくれればいい。誰かどうにかしてほしい。

そうルイスは心の底から祈っていたのに、実際に一石が投じられてみると、状況はむしろ悪いほうへと動いてしまった。

フィリップ公がやけに感心した声をあげる。

「おやおや……なんだかエディ君はずいぶんとジェラルドに懐いて……まるで本当の親子のようですな」

『本当の親子』という言葉をやけに強調されて言われ、今度こそルイスの心臓は止まりそうになった。

公的な場ではジェラルドのことを皇帝陛下と呼んでいたのに、親しげに『ジェラルド』とファーストネームを呼ぶのも、子どものころの彼を知っているぞと言う脅しに聞こえてくる。

ただの妄想に過ぎないかもしれないが、なぜだかルイスは自分の指先が、背中が、どんどんと冷たくなっていくのを感じた。さっきまでお茶を飲んでいたはずなのに、喉までもがからからに渇いて、声がうまく出てこない。

「そ、そんな……ご冗談を……」

ああ、と嘆く声が漏れそうになるのを必死で堪えた。

さっきまであんなに真実を伝えたかったのに、いまになって、ジェラルドとエディが本当の親子ではないと否定しないといけないなんて。

でも、いまはダメだとルイスの直感が告げていた。

ジェラルドとよく似て、体格のいいフィリップ公は、顔に笑みを浮かべてはいる。でも、エディを見る彼の目が、どこかしら冷たい光を宿して見えるのは絶対に気のせいじゃない。

「ははは……やっぱり、その子の父親はジェラルドなのではありませんかな、皇后陛下」

そう言って、フィリップ公がエディの顔をもっとよく見ようとのぞきこんだとき、ルイスの緊張はもう限界だった。

「違います！　エディの父親は亡くなったんです！　こ、この子が生まれる前のことですから本人には記憶がなくて……だから父親という存在に甘えたいだけなんですわ」

とっさに叫んでしまっていた。

これが苦しい嘘だということはもうわかっている。

本当は真実を打ちあけてしまいたい。ジェラルドにエディが本当の子だと知ってほしい。

でも、それはエディの安全を確保してからだ。

それにもし、周りの人すべてがエディはジェラルドの子だと思っても、ジェラルドが認めてくれなかったら、エディには危険だけが残ることになる。

さすがにそんな危険は冒せなかった。

一瞬、荒ぶった感情からはっと我に返ったときには、ジェラルドはやけに驚いた顔をしていた。フィリップ公に知られないようにという配慮なのだろう。フェルディナンドが唇を動かしてなにかを伝えようとしてもいた。多分、「落ち着いて」とでも言いたいのだろう。

コーリンはラドクリフとフェルディナンドから一歩下がったところで頭を抱えている。

ぐるりとみんながルイスを見ていた。

(だって……だって……)

もうめちゃくちゃだった。自分のなかに吹き荒れる感情をうまく抑えられない。

(ジェラルドさえ、あの夜のことを覚えていてくれたら、こんなことにはならなかったはずなのに……)

それとも、覚えてなくても、責任をとってほしいと追及すべきだったのだろうか。

(あるいは子どもができたときに、結婚してほしいとでも?)

どちらもルイスにはできなかった。だから、こんなことになってしまったのだとしても、あのときはやっぱりできなかったのだ。

たまらずにルイスは身を翻していた。

「ルイス!?」

驚いたジェラルドの声がなぜか背後から聞こえてくる。自分でとった行動なのに、ルイス自身、わけがわからなかった。

感情が昂ぶるままに、その場から駆けだしていたのだ。

その場からただ逃げだしてしまったルイスを呼ぶように、エディの泣き叫ぶ声が庭園に響く。

「ママーまって、ママ。ごめんなさい……ッ!」

なぜエディが泣き叫んで謝っているのだろう。

(エディはなにも悪くないのに。悪いのは全部わたしなのに……)

こんな結婚なんて、するんじゃなかった。

辺境で静かに暮らしていたら、ジェラルドのことで思い煩うこともなかったはずなのに。

そう思う一方で、辺境にいたほうがよかったと思うのは、たんなる逃げに過ぎないこともわかっていた。

ルイスはずっとジェラルドと向き合うことから逃げていただけだ。

薄々そう気づいていたからこそ、ラドクリフとフェルディナンドの助言に従って、今日こそ真実を打ちあけようと思ったのに。

（どうしてこう……うまくいかないのだろう……）

ルイスのささやかな決心はこんなにも簡単に挫《くじ》けてしまう。

庭園の出口になる階段を上り、建物のなかへと――自分たちが暮らす部屋に続く扉を開いたつもりだった。

なのに、はっと気づくとルイスは薄暗い回廊にいた。

巨大な空間だけれど、高窓しかないせいで、わずかに光は射しこんでいるものの外の景色は見えない。

「あれ？」

ひと気のない空間にひやりとしてしまう。

外の宮殿の華やかさとは縁遠い、どこか、地下牢《ちかろう》に続く通路を思わせる薄暗さだった。

巨大な円柱が続いて、まるで迷路のようだ。

(知ってる……物語のなかではよく王様が、地下に呼び出されて、こんな場所で暗殺をされるのよ……)

円柱の影からいまにも暗殺者が出てくる気がして、ルイスはそっと足音を消して後退りした。

こんなひと気のない場所で不意打ちを食らわされたら、武術の心得があるルイスでも、致命傷を受けてしまうだろう。

「多分、入る扉を間違えたんだわ……戻らなきゃ」

感情を爆発させて逃げてきたあとだから、誰かに見られるのは恥ずかしいが、先に進むのはもっと恐《こわ》い。

来た道を戻って入ってきた扉を探していると、

「ルイス！　突然、駆けだして……いったいどうしたんだ？」

ジェラルドが長上着の裾を翻しながら駆けてくるのが見えた。

不安な気持ちになったあとだから、ジェラルドが追いかけてきてくれてうれしかった。腕を掴まれて体を引き寄せられると、抱きしめられるままにされてしまう。

「ご、ごめんなさい……少しだけ……そう、少しだけフィリップ公が怖くて……」

ジェラルドの腕のなかでルイスは囁くような声で告白する。

自分の正直な気持ちを吐露したことで、ほんの僅かか心が軽くなる。その勢いを借りて、ルイスは自分の抱えてきたわだかまりをジェラルドにぶつけてしまいたい衝動に駆られた。

（いまなら言えるかも。ここには誰もいないのだし……）

拳をぎゅっと握りしめたルイスは、意を決して、薄闇のなかで重たい口を開く。

「あの、あのね……ジェラルド。さっきの話なんだけど」

言ってしまわなくては。

こんな形で強く否定するつもりなんてなかった。真実を打ちあけるつもりだったのだから。

ルイスがジェラルドの服の端を掴んで、必死な様子だったからだろう。ジェラルドはルイスの髪を撫でて、安心させるように微笑む。

「わかってる。叔父の言葉で傷ついたのならすまない。ルイス、私が代わりに謝っておく。政治的には、彼の存在はまだ必要なんだ……お祖母さまを牽制《けんせい》する意味では」

フィリップ公が警戒すべき相手だと、ジェラルド自身は理解していたのだろう。どちらにしても、ジェラルドは危険にさらされることにもそれを対処することにも慣れている。だから、脅威と感じてないだけなのだ。

「そう……じゃなくて……」

あのとき、あと少し、どうして人が来る前に言ってしまえなかったのか。

それは嘘を重ねてしまうと、真実のほうが唐突で嘘っぽく聞こえてしまうからだ。ときには物語で語られる嘘よりも真実のほうがずっと陳腐《ちんぷ》だったりする。

「エディの父親はね……ジェラルドなの。本当にジェラルドの子なの」

自分で口にしておきながら、真実みがないだろうことはわかっていた。それでも、いま言わないと、もう二度と勇気が出せそうにない。

だから、前置きもそれらしい空気もなにもかも飛ばして言うしかなかった。

結婚しないで子どもができてしまった女性は、みんないったいどうやってこの試練を乗り越えているというのだろう。それとも、ルイスが格別、こういった話を打ちあけるのが下手なのだろうか。

案の定、ジェラルドはルイスが混乱するあまり、適当なことを言ったと思ったらしい。

「ルイス？ またそんな冗談を言い出して……さっきエディの父親は亡くなったって言っていたじゃないか。もちろん、私もできるかぎり、エディのいい父親になりたいとは思っているけど……」

ジェラルドはルイスの髪を宥めるように撫でる。どうやら、さっきの会話で、エディの父親の話を思いだして、ルイスの心が傷ついたと思っているらしい。

そうじゃない。冗談でも嘘でもない。

――『それは、まぁ。記憶がないんだから、自分の子じゃないって思うかな』

やっぱりダメだったと体中の力が抜けると同時に、ラドクリフの言葉がすぅっと脳裡に過ぎった。言われたとおりだった。自分が簡単にできないことを努力してやろうとしたのに、叶わなかったときの虚無感に襲われる。

「本当の……ことなのに……」

ぽろり、とまなじりから涙が溢れて、頬を伝って流れた。

真実を伝えてもわかってもらえないなら、ほかにどんな手立てがあるのだろう。

悲しい気持ちになりすぎて、言葉は口のなかに籠もってしまった。そのせいか、ジェラルドには聞こえなかったらしい。かがみこんで顔を近くに寄せられて、

「え、ルイスなに？　ちゃんと言ってくれないと聞こえない……」

「ジェラルドのバカ！　大嫌い！」

耳元で大声で叫んでやった。ほんのささやかな復讐だが、それでも少しだけ胸が空いた。

聞こえなくても、言い直す気なんてさらさらない。聞いてほしいのはもっと違うことだったのだから。

(ジェラルドのバカバカ……どうしていつもあんなに頭がいいくせに、こういうことはわかってくれないの⁉)

自分だって同じで、実は似たもの同士だと言うことにルイスが気づく由《よし》はない。

ジェラルドの腕を振り切ってまた地下通路を駆けだそうとしたときだ。いまになって気づいたかのように、ジェラルドが不思議そうな声をあげた。

「あれ、ルイス……エディは？　エディはどこにいるんだ⁉」

「え？」

ジェラルドの言葉でルイスは足を止めた。

「エディ……がどうかしたの？」

どきりと心臓が嫌な冷たさで大きく一打ちする。さっきまで自分自身の悲嘆にくれていたのが、さっと一気に冷めた。なぜだか、嫌な予感が胸をすうっと過ぎる。

「え、エディはルイスを追いかけてこなかったか？　アネッサもエディを追いかけていったはずなのに、この通路では見かけなかったから、てっきりルイスと一緒にいるものだと……」

「う、そ……」

エディなんて見なかった。アネッサもだ。

姿だけじゃなくて、声を聞いた覚えもない。

いくらルイスが自分自身の感情で荒ぶっていたとしても、さすがにエディが自分を呼ぶ声がしたら反応したはずだ。子どもが母親を呼ぶ声を、母親は簡単に無視できないのだと、夜中に目を覚まして、何度思い知ったことか。

それとも、ここから見えないだけで通路のどこかにいるのだろうか。

この暗くて、なにか怖ろしいことが起きそうな半地下にエディが。

想像しただけで耐えられなくなり、ルイスは叫んだ。

「エディ、いるの⁉　どこ？」

小さな姿が円柱の陰から現れないかと気をとられていたせいだろう。自分が来た方向へと戻っている間、陰に紛れて蠢いていたものに、気づくのが遅れてしまった。

ぬぅっと大きな影が前方から現れ、ルイスの行く手を塞ぐ。

「おっと、皇后陛下。そのまま、動かないでいただけますか」

物言いだけは穏やかに、現れたのはフィリップ公だった。

はっとルイスが顔を上げると、彼の腕にはアネッサがいた。

後ろ手に拘束され、身動きできないように掴まれている。エディはどこだろうかと思ったら、その背後で、影のように黒装束を纏った何者かが抱いていた。

「ルイスさま……申し訳ありません。私、エディさまをお守りできなくて」

アネッサは自分も捕まっているというのに、健気《けなげ》なことを言う。

(違う……アネッサが身を守れないのはわかっていたんだから……アネッサを守れなかったのはわたしが悪い)

自分の言葉をジェラルドが信じてくれなかったときには、目の前が真っ暗になった気がした。なのに、アネッサを守らなくてはと思うと、不思議と背筋がしゃんと伸びる。

ルイスの義侠心《ぎきょうしん》のようなものに火がついたのだ。

「迷子になったアネッサとエディを保護してくださったのでしたら、感謝いたしますわ。フィリップ公……その手を放してくださるおつもりはおありですか？」

ルイスはあえて気取った物言いで訊ねた。

（この人の思惑どおりに動揺などしてやるものか）

そんな反骨心もあったが、それ以上に、武器を手にとって襲ってくる敵のほうが、ルイスとしてはやりやすいからだ。ジェラルドにエディのことを認知してもらうより、ずっとルイスの領分だと言える。

おかげでさっきより冷静になれた。

「ルイス嬢……せっかく兄が亡くなり、邪魔者がひとり減ったところで、また皇位継承者が増えたら困るのですよ。ジェラルドひとりでさえ、持て余してるというのに」

多分わざとなのだろう。フィリップ公はルイスをあえて『ルイス嬢』と呼んだようだった。『皇后陛下』ではなく。

それが敵対しているときの彼の流儀だと思われた。

アネッサとエディを人質にとられているだけじゃなく、気づけばルイスとジェラルドは黒装束を纏ったものたちに囲まれていた。うかつに動けば、いっせいに襲われかねない。

建物の半地下の通路は暗いから、黒い服を着て闇に紛れるのは簡単だ。しかし、ここは宮殿のなかでも奥まった場所なのだ。

いくらフィリップ公が皇族のひとりとはいえ、こんなに大勢の手下を入りこませることが可能なのだろうか。

ルイスとエディにも、もちろんジェラルド自身にだって護衛がついていたはずだ。庭にいるときは、見えないように気を遣って離れていただけで。

（おかしい……こんなことを許すなんて、ジェラルドらしくない……）

少なくとも、ルイスが知るジェラルドはこんな隙を見せる人物ではなかった。

フィリップ公に対しての言動もそうだ。

――『叔父の言葉で傷ついたのならすまない。ルイス、私が代わりに謝っておく。政治的には、彼の存在はまだ必要なんだ……お祖母さまを牽制する意味では』

彼の代わりに謝るなんてジェラルドらしくない。

そう気づいたとき、ルイスはぱっとジェラルドを振り向いていた。

「ジェラルド……念のためにうかがってもいいかしら？」

「なんだい、マイハニー。君のお願いなら、もちろんなんでも聞いてあげるとも」

あえて甘ったるい声を出して訊ねると、ジェラルドからも芝居がかった調子で返される。その物言いでルイスは確信した。

「これはジェラルドが仕組んだ舞台ということでよろしくて？」

「もちろんだともマイスィート。ルイスのそういう察しのいいところが私は大好きだよ」

語尾にハートマークでもついてそうな甘い声を出したのに合わせるように、ジェラルドがさっと手を上げる。

するると、今度は、黒装束の男たちから呻き声があがった。周囲で乱闘をしている気配がしたかと思うと、剣を手にした男たちが次から次へと倒れていく。

こういった近接での戦闘なら剣のほうが早くて確実だからだろう。お互い銃は持ちこんでいないようだった。大規模な平原での戦闘ならともかく、銃に火がついて発射する間に、剣の達人に間合いに入られてしまうのだ。

フィリップ公はどうやら知らなかったらしい。銃を持ち出してエディに狙いをつけた。

「どういうことだ⁉　近衛兵がなぜここに……くそっ、子どもがどうなってもいいのか⁉」

そうやって彼が叫んでいる間に、ジェラルドが涼しい顔をして一足に間合いを詰める。

「皇帝陛下、これを！」

離れて護衛していたのか、あるいは初めから打ち合わせをしていたのか。ジェラルドの側近であるガラハドが、剣を投げて寄越す。

ジェラルドは器用にそれを受けとると、抵抗するフィリップ公からアネッサを救いだした。

あいかわらず、手には触れないままだったけれど。

その間にエディを連れて逃げようとした男には、コーリンが退路を塞いでいた。

どうやらコーリンはちゃんとエディを追いかけてくれていたらしい。奪い返す時機をうかがっていたのだとわかる。

「いいわけがないでしょう、叔父上。皇帝を暗殺した容疑、暗殺しようとした容疑で、あなたを逮捕します……残念です。あなたじゃなければいいと願っていたのですけどね」

ジェラルドは女性を嫌悪するときと同じように、とびっきりの冷酷な顔をしていた。

それとも、高窓から射しこむ光が、片頬にしか当たってなくて濃い影ができているせいで、より冷淡な顔に見えるのだろうか。

「父上を殺したのもあなたなのでしょう、叔父上。私は驚きましたよ……いくら少し前に戦争があったとは言え、遊歴《ゆうれき》中に倒れるなんて……ありえないと思った。その次が、寺院騎士団への刺客だ。お祖母さまが送りこんできたのは、確認したところ三人だけだった。それ以外は、あなたが指図した、暗殺を請け負った女性が令嬢の振りをしただけだったのでしょう？」

いったいこれはなんの劇がはじまったのだろう。

ルイスにとっては寝耳に水だった。

「先の皇帝陛下はやっぱり……暗殺された……」

噂は本当だったのだと、ドレスの陰で足が震えそうになる。

「そのとおりだ、ルイス。おかしいとは思わなかったか？　持病もない皇帝が旅先で突然倒れて帰らない人となったなんて……」

先帝のことをよく知らないルイスは、新聞に載っていた以上の情報を知らない。それでも、ジェラルドの声音に苦さを感じて、胸が苦しくなった。

「ジェラルド……」

宮廷の空気が苦手だと思ったし、人前に出るときにはやけに緊張感を覚えることもあった。

それでも、本当に自分のすぐそばで誘拐や暗殺が起きるとなると、エディがジェラルドの子だと公にしなくてよかったのだと思えてくる。

(やっぱり皇族になるより……このままでいたほうが……)

安全なのだろう。すべてはもう遅かったかもしれないが。

式典の日にエディがさらわれかけたのも、彼の仕業なのだろうか。

帝都に詳しいフィリップ公ならいくらでも護衛を出し抜く方法があったはずだ。たまたま、コーリンが気づいてくれたのはエディにとって運がよかっただけなのだ。

(わたしが思っていたより、ずっとずっと……この宮殿は危険な場所だったんだわ)

いまさらながら身震いが湧き起こる。

逆に考えれば、エディをジェラルドの子どもとして連れてこなかったのは、正解だった。

そうでなければ、幼いエディはもっともっと無防備な時期に狙われたかもしれない。

そう思うと、怖くて怖くて仕方がなかった。

「ルイス、それでも君は私と一緒にこの宮殿で暮らしてくれるか？　暗殺があったり突然襲われたり……こんなに危険な場所だが、君とエディは私がきっと守るから」

こんなときにいったいなにを言い出すのかと思ったが、不思議と体の震えが収まった。すっと前に出て守られてみると、ジェラルドの背中はいつも頼もしい。

「ええ……ジェラルド……エディと一緒にここにいるわ、わたし……」

ルイスがジェラルドの背中に身を寄せると、ひゅーう、と場違いな口笛が響いた。

こういうことをするのはラドクリフだ。絶対。

「おいおい、まだ悪者討伐《とうばつ》は終わってないんですけどね、おふたりさん」

言いながら自分に向かってきた黒装束の男を交わして、すれ違いざまに相手の武器をとりあげている。

どうして王子ともあろう身分の人が、妙に乱闘に慣れているのかは考えないことにした。

しばらくすると、通路のこちら側からも、庭のほうからも正規の鎧《よろい》を着た近衛兵が現れ、フィリップ公の退路を塞いでいた。

奥にいるのはフェルディナンドだ。皇太后とともに、近衛兵を連れてきてくれたらしい。

驚いたことに、太皇太后——女帝までもがこの場に現れた。

どうやら太皇太后はフィリップ公の叛意《はんい》を知らなかったらしい。青褪《あおざ》めた顔で、フィリップ公を見ている。

「まさか……おまえが自分の兄を殺したなんて……」

演技にしては、がくがくと怒りに震える様子はよくできていた。

彼女がフィリップ公と通じているのを隠したのか、本当に驚いていたのか、ルイスには真偽はわからない。

ともかく、ルイスにしてみれば、エディについてジェラルドに話すほうが重要だったのに、突然、生々しい宮廷の権力闘争に巻きこまれて、ある意味、毒気を抜かれてしまった。

（わたしの悩みって……平和な悩みだったのね……うん）

自分としてはとても悩んだし、ジェラルドから拒絶されて悲しかった。世界が終わってしまったかと思うほど、目の前が真っ暗になった気がした。

でも、それでルイスもエディも死ぬわけではない。

死んでしまいたいほど悲しかったのに、いまはそこまでの感情は消えてしまっていた。

（まぁ、いっか……）

いつもの楽天的なルイスが戻ってきて、ジェラルドをつい許してしまう。

（フェルディナンドもラドクリフもエディはジェラルドの子どもだってわかってくれたんだもの。また助けを借りて、今度こそ、ジェラルドにも納得してもらおう）

そんなふうに思っているうちに、慌ただしく近衛兵がフィリップ公とその私兵を連れて行く。

ほかにも隠れている賊がいないかどうかずいぶんと長い時間、捜索しており、終わったという報告をルイスが聞いたときには、もう空は真っ暗になっていた。

第九章　そして甘い甘い夜にどこまでも溺れてしまいました

「今日は本当に助かった……お礼はあらためてするが、まずはおやすみ」

ジェラルドがそんなふうに言うと、ささやかな同窓会はお開きになった。

フェルディナンドとラドクリフは間借りしている客間に、コーリンはルイスたちがいるのと同じ棟の客間へと帰っていった。帝都に屋敷があるフェルディナンドは本当は家に帰るつもりだったのではないか。

ルイスが騒動を起こしたわけではないが、悪いことをしてしまった。

ただのお茶会のはずだったのに、とんでもない事態に発展して、そしてルイスとしてはなにも変わらないことに、少しだけ脱力してしまっている。

自分から切りだしたところで信じてもらえなかったのだから、次はどんな手を打てば進展するのか。

ふぅっ、とエディを抱きしめたまま、ルイスは深いため息を吐いた。

「エディはそろそろアネッサに預けたほうがよくないか？　もうベッドに入れてやらないと」

「うん……そうなんだけど、あとちょっとだけ……」

エディはずっとうとうとしていたのに、ルイスから離そうとすると目を覚まして泣きだすものだから、ルイスがずっと抱いていた。

さっき黒装束の男に囚《とら》われていたときは、きょとんとした顔をしていたのに、お気に入りのテディベアが手元にないことに気づいたとたんに、わんわんと泣きだしてしまったのだ。

あいかわらず、エディの泣きだすポイントがよくわからない。

「明日になったら一緒に庭で探しましょう」

そう言って必死に宥めるしかなかった。

でも、エディも不安だったはずだし、ルイス自身、エディを抱いているとほっとしてくるから、ずっと抱っこしたままになっている。

銀糸の髪を繰り返し繰り返し撫でていると、ざわついていた心がまるで調律されていくオルガンの音のように、少しずつ元のところに収まっていく気がするのだ。

ジェラルドがまだなにか言いたそうにしていると、扉をノックする音がした。

この棟の部屋は広いから、呼び鈴がついているのだが、扉を叩く来訪者もいる。たいていは、貴人が連れている侍女が先触れの役目として、ノックしてくる。

エディと一緒に襲われたアネッサは、先にベッドで休むように言いつけたから、いまこの部屋に控えている侍女はセシルひとりだけだ。

宮殿のしきたりに慣れた彼女が残っていてくれたのはありがたい。セシルが扉のところまで行って応対してくれると、ルイスが想像したとおり、貴人が入ってきた。

訪問者は、女官長を連れた皇太后・ケーシーだった。

自分だって疲れているだろうに、そんなことはおくびにもださない毅然《きぜん》とした様子で、ルイスとエディの前に近づいてくる。

「皇太后さま……」

「いいのよ、そのままでいいわ。エディも疲れているのだろうから。こういうときに思いっきり甘えさせておかないと、あとから臆病《おくびょう》な子になるかもしれないし」

ルイスが慌てて立ちあがろうとするのを手で制して、皇太后はジェラルドに向き直る。

「もういいでしょう、ジェラルド。フィリップ公が捕まったことで……エディはずいぶんと安全になったと思うわ。あなたの子だと、この機会に公表なさい」

びしり、と有無を言わさない口調で言われ、唖然としてしまったのはルイスだ。

自分の努力は無に帰《き》したし、今日はこれ以上頑張れそうにないとあきらめたあとだったから、余計に衝撃を受けたというのもある。

唐突に、まったく予想もしていなかったところから、ルイスが言いたかったことをずばりと指摘されてしまった。

あまりにも唐突すぎて、二の句が継げない。

おそらく、ジェラルドとしても同じ気持ちだったのだろう。

「え、母上……いったいなにを……もしかして、寝惚《ねぼ》けておられるのですか」

彼にしては珍しく、要領を得ないことを言う。

珍しいと言っても、ことエディの認知に関しては、どうもジェラルドはルイス以上に察しが悪い。ルイスの話の切りだし方が悪いと言うだけでなく、どれもこれも普段の彼より頭の悪そうなことしか言っていなかった。

「まぁ……子どものために私にまで隠しているのかと思ったらそうじゃなかったのね。あきれた子だこと。寝惚けているのはあなたですよ、ジェラルド。あなたはエディの顔をちゃんと見たことがあるのですか？」

ルイスは黙っているしかなかった。

フェルディナンドは、エディが子どものころのジェラルドにそっくりだと言っていたから、皇太后の話もそれだろうと思ったのだ。

皇太后はルイスの前で膝を突き、うとうとしているエディの顔をのぞきこんだ。

「いまは眠たそうにしているからわからないけど……明日になったら明るい日射しの下で見てご覧なさい。エディの瞳をよーく」

ぷにぷにと子どものやわらかい頬を指先でつついて、皇太后は「ふふ」という笑みを零す。

ルイスにも覚えがある。それは子どもの寝顔を見たときに、どうしても堪えきれないしあわせの笑みだった。

ときには頑固なところを見せてルイスを困らせるエディだが、寝顔は天使のようにかわいらしい。陳腐な言葉だし、親バカだとはわかっているが、本当に天使なのではないかと、ときどき思ってしまう。

「エディの瞳？」

まだなにを言われているかわからないという顔をしたジェラルドに、皇太后はさらに言葉を重ねる。

その言葉の力強さは母親の強さなのだろうか。ルイスにはただただ眩《まぶ》しいばかりだ。

「そうですよ、ジェラルド。ルイス、エディの瞳の色は青灰色で、明るい日射しが射しこむと、少し赤みを帯びて見える……間違いありませんね？」

「は、はい。おっしゃるとおりです！」

ルイスが慌てて答えると、今度こそ、ジェラルドの表情が一変した。

「え……まさか……」

ジェラルドまでもがルイスの前に膝を突き、エディの顔をのぞきこむ。しかし、さっきからうとうとしていたエディの目は当然のように閉じていて、その瞳の色がうかがえるわけもない。

「ジェラルド？　いったいなんのお話ですか、皇太后さま」

ひとり仲間外れにされたルイスは、頭のなかを疑問符でいっぱいにしながら、ジェラルドと皇太后の顔を交互に見た。

答えてくれたのは、いまこの瞬間の主導権を握っている皇太后だ。

「直系の皇族に現れる特徴なのよ、ルイス。たまにほかの皇族から現れることもあるけど、だいたいが直系の、それも男の子にははっきり現れるの。ジェラルドの父親もそうだったしフィリップ公もそう。明るいところで見ると、青灰色が赤っぽく見える瞳をしているの」

はっとルイスは腕に抱くエディを見て、次にジェラルドを見た。

ジェラルドはすぐそばで、ばつの悪そうな顔をしてルイスから視線を逸らした。

どうやら、皇太后の指摘に心当たりがある様子だ。こんな子どもみたいな顔をしているのを見ると、それはそれでうれしくなってしまう。

(ジェラルドってあまり失敗した自分を人に見せたりしなかったから……なんだか新鮮)

完璧な人だと思っていた分、人間らしい顔を見ると親近感が湧いて、その欠点さえ魅力的に見えてくるから不思議だ。

(あ、これが『あばたもえくぼ』というやつなのかしら……)

寺院騎士団で誰かが言っていた諺《ことわざ》だ。確か内容は、『恋をすると、相手の欠点さえ長所に見えてくるほど盲目になってしまう』だったか。

「先々帝には皇女がいないから、現在、皇帝の直径の血筋はフィリップ公とジェラルドのふたりだけ。そこまで言ったらわかるでしょう、ジェラルド。これは消去法の問題です。ルイスはあなたの知り合いで、あなたが結婚してもいいと思うほど近しい関係だった。エディが皇族だというなら、フィリップ公の子である確率より、あなたの子である確率のほうが高いのです。わかりますね？」

大変、理路整然とした説明をされ、ジェラルドはぐうの音が出ないほど打ちのめされたようだった。

「さぁ、エディ……あなたのお母さまとお父さまはもう少し話し合いが必要です。今夜はばぁばと眠ってくれないかしら」

そう言うと、皇太后はルイスに視線で合図して、慣れた手つきでエディを抱きあげる。

「んんっ、ばあば？　アネッサはぁ？」

エディは薄ぼんやりと目を覚まして、大好きなアネッサの名前を呼ぶ。

叔母の家にいるときからずっとルイスとアネッサが交代で面倒を見ていたから、ルイスに用事があるときはアネッサのところへ行くと思っているのだろう。

「アネッサは今日はとてもとても疲れてしまったの。それにばあばがたまにはエディと一緒に寝たいのよ、お願いエディ」

エディは人の心に敏感で、お願い事に弱い。まだ短い期間しか話していないのに、皇太后はエディのそういう性格をよくわかっているのだろう。

腕のなかでうなずいたエディの額にそっとキスをする。

「じゃあ、ふたりともおやすみなさい。ジェラルド、これ以上私を失望させないことを祈ってますよ」

最後にもう一度、釘《くぎ》を刺すのを忘れなかった。

あとに残されたのは、ルイスとジェラルドふたりだけ。

お互いにちらりと視線を交わして、ほんのわずかの間、痛々しいくらいの沈黙が、部屋のなかに流れたのだった。

「あ、あの……ッ！」

「ルイス、その」

思い切って口開いたのまで同じで、ふたりしてどうしたらいいものか、言葉が見つからずにとまどってしまっていた。

「ごめん、ルイス……私は君の言うことを信じなかった……」

うなだれて、跪いた格好のジェラルドはルイスの手を両手で握りしめる。

「ジェラルド……あの、ね。正直に言えば、ショックだった。押し倒してきたのはジェラルドのほうなのに、なんで覚えてないんだろうって……それに」

――『ルイス……好きだ。ずっと前から……君が女だったらいいと思っていた……』

（あの告白は……いったいなんだったのかしら……）

ジェラルドが自分を好きなのではないかと思ったこともあった。いもしない、エディの『亡くなった父親』に嫉妬しているのではと疑ったことも。

「それに、なに？　ルイス……ほかにも私がしたことで覚えていないことがあったら話してほしい。許されるとは思ってないが……できるかぎりのことはするから」

皇帝としての仮面を被っているときには、近寄りがたくさえ感じるジェラルドから、懇願されるように言われて、悪い気分になるわけがない。

背徳的なほど自分が彼の特別に思えて、ぞくぞくと背筋が震え上がるような愉悦を覚えていた。

（どうしよう……聞きたい。ジェラルドがわたしのことを本当に本当はどう思っているのかどうか……知りたい）

なのに、いざなんでも話してと言われると、自分の思い違いかもしれないと、臆病にもなってしまう。

「ジェラルドは……わたしを抱くことができるから、わたしと結婚すると言ったけど……その、わたしのこと、す、好き？」

まるで子どもがおままごとの恋愛をしているみたいだと、自分の稚拙さにあきれてしまう。

でも、ほかになんて聞いたらいいか、わからなかったのだ。これがルイスが勇気を振り絞った精一杯だった。

「その、ね……き、気のせいかもしれないけど、舞踏会の夜にわたしを抱いたとき、ジェラルドは好きって言ってくれた気がして……だから、その」

それ以上を口にするには、さすがに恥ずかしすぎた。真っ赤になったまま俯《うつむ》いて、自分の手を握りしめるジェラルドの大きな手をじっと見つめてしまう。

どんなに好きでも、どんなに相手を想っていても、言葉にしなければ結局伝わらないこともある。

もし、ルイスが舞踏会の夜にジェラルドに抱かれたあとにエディが生まれなかったら、ジェラルドとの縁はそこで終わっていたかもしれないのだ。

ほんの一言を切りださなかっただけで、人と人は簡単にすれ違ってしまう。

どんな返事を期待しているのかと聞かれれば困る。

しかし、羞恥に耐えて必死で訊ねただけに、早く答えが欲しかった。なにか言ってくれないと、自分で自分の感情に耐えきれなくなって死んでしまいそうだ。

なのに、沈黙が長い。

どうもおかしいと思って顔を上げると、ジェラルドが膝の上に顔を俯せて撃沈していた。特におかしなことを言った覚えはないが、ルイスの言葉で大きな被害を受けたとでも言わんばかりの様子だ。

「え、ジェラルド……?」

催促するように名前を呼ぶと、ジェラルドはまるで致命傷を受けたと言わんばかりに呻き声をあげて、ようやくぽつりぽつりと話しだした。

「悪い、ルイス……思いだした。舞踏会の夜のことは……覚えている。覚えているが、夢だと思ってた……確かにあのとき私は……君に好きだと言った気がする……それはぼんやりと記憶にある」

「夢……」

確かに、あのときのジェラルドは酔っていて、様子がおかしかった。

だから、ルイスとのことを覚えてないのかと思ったが、そうじゃなかったのか。

長年の疑問が解けて、すっきりしたような、逆に釈然としなくなったような、なんとも言葉にしがたい複雑な気分だ。

「私が君に好きだと言ったから……ルイスは私に抱かれてくれたのか？　君なら私を振り払うこともできただろうに」

下から見上げられながら囁かれた声は、またいつもの誘うような調子を取り戻していて、耳がぞわりと甘く震えた。

「そ、れは……」

実はそのとおりだ。あの告白とキスにルイスは酔わされてしまった。

いまもそうだ。ジェラルドがいつになくやさしい目でルイスを見つめて、指先を頬に伸ばしてくるから、どきどきが止まらない。心臓が高鳴りすぎて、壊れてしまいそうだ。

（はぁ……こんなの、ジェラルドに憧れる令嬢たちから恨まれて当然よね……ジェラルドはときおり、無駄にきらきらしすぎなんだから……）

眼福をとおりこして目の毒になって困る。

胸がきゅうっと苦しくて、ため息が漏れてしまう。

（これがいわゆる、恋煩いというものなの？）

恋をした経験がほとんどないから、自分の感情をなんと呼べばいいのか、よくわかっていなかった気がする。なのに、ジェラルドが囁くような声で、

「キスをしていいか？」

と聞いてくるから、ますます胸が苦しくなった。

ルイスはなにも答えなかったのに、ジェラルドは首を伸ばしてきて、軽く触れるだけのキスをする。軽く触れてすぐに離れてしまうキスは、欲望を掻きたてられるキスとは違う。

ただひたすら甘くて、逆に悪酔いしてしまいそうだ。

「ルイス、好きだ……前から好きだったけど、エディと一緒に暮らすようになって、もっともっと好きになった。私は……ずっと私に嫉妬してきたんだな……バカみたいだ。君と先に結婚を決めた、いもしない相手を妬《ねた》んで、どうしてそれが私じゃないのかって、百回……いや千回くらいその相手のことを罵っていた」

頭の芯がくらくらするほど、キスの余韻に甘く浸っていたのに、ジェラルドの告白を聞いて、

ますます酩酊《めいてい》した。胸が苦しくて息ができない。

（どうしよう。どうしよう、エディ……うれしい……）

いまさらながら、明日からはジェラルドとエディと三人、本当に本当の親子として暮らせるんだと実感が湧いてきて、じわりとこみあげてくるものがあった。

しあわせなのに、泣きだしたくなるような、抑えきれない感情。

悲しいときじゃなくても、胸は苦しくなるし、しあわせでも泣きたくなるのだと、自分のなかの感情の慌ただしさに振り回されそうになる。

「わ、わたし、ときどきよくわからなくて。ジェラルドはもしかしてわたしのことが好きなのかもって思っては、でも気のせいかと思ってたの……」

「うん……好きだった、ずっと。気のせいじゃないよ、ルイス。私はいつも君を独占したくて、コーリンにもラドクリフにもフェルディナンドにも……ときにはエディにさえ嫉妬していたからな」

笑いを含んだ声は冗談めかしていたけれど、どこまで信じていいものやら。

ルイスが小さく笑うと、ジェラルドは体を起こして、ソファの隣に座ってルイスと向き直った。

「私を……君の運命の相手にしてくれないか、ルイス。私が君とエディを守るし、きっと世界で一番しあわせな家族にする」

どきり、とまた心臓が甘くときめいた。

「運命の……相手？」

「そう、ルイス……どうかな？」

ずっとジェラルドの特別になりたかった。ジェラルドの心を占めたいと願っていた。

でももしかしたら、もうずっと前から、その願いは叶っていたのかもしれない。いまさらながら、ルイスは気づいた。

「ラドクリフがね、『記憶がないんだから、自分の子じゃないって思うかな』って言ったから、まぁ普通はそうかなって思って……」

「うん」

ジェラルドに身を寄せると、そっと抱き寄せられる。

頭をジェラルドの肩に預けると、彼の規則正しい心臓の音が聞こえる気がして、自分の心が宥められていくのがわかった。

「正直に言えば、ジェラルドのしたことはひどいと思うし、権力を利用した横暴にも見えるし、もしこれがほかの女性にしたことなら、絶対に許さないと思う」

「ごめん……いくら謝っても謝り足りないと思うけど……やっぱりごめん、ルイス」

骨張った指先がルイスの顔の形を確かめるように、頬を撫でる。

その感触にも慰められながら、ルイスは言葉を続けた。

「でもジェラルドがわたしの部屋を避難所にするのを許可したのはわたしだし……それは結局ジェラルドのことが好きだったからだと思う。ジェラルドの部屋で待ち伏せしてる令嬢を羨ましく思っているわたしがいて……本当はわたしも同じことをしたのかもしれない」

子どもができるような行為をすれば、ジェラルドを繋《つな》ぎ止《と》められるのではと、一瞬でも考えなかったのかと聞かれれば、否定できない。

ルイスの心にだって、そんな女としての狡《ずる》さが潜んでいたのだ。

「わたし……ジェラルドの特別な女になりたかったの」

親友でもライバルでもいい。ジェラルドの心に爪痕《つめあと》を立てて、自分という存在を刻みつけたかった。

それでいて、どうしたら特別になれるのかわからなくて、努力も足りなくて。

だから、ジェラルドに近づこうと話しかけてくる令嬢たちに、いつも引け目を感じていた。彼女たちには敵わないとあきらめてしまっていた。

それなのに、ジェラルドが自分を押し倒してきたから、これは千載一遇の機会だと、心の奥底では思っていたかもしれない。

「ルイスは初めて会ったときから私の特別だったけどな……他人を昼食に誘うのも誰かに嫉妬するのも初めてで、私の心は乱されっぱなしだった……」

「そ、そんなこと！　わたしだって……」

ジェラルドにはいつも自分の歩調を乱されてばかりいた。

「わたしのことを少年だと思ってて不用意に馴《な》れ馴《な》れしいし、勝手にわたしの部屋を避難所代わりにするし……めちゃくちゃだった」

本当に、どうしてくれようかと、冷たく拒絶しようかとも思ったのに、できなかった。多分、そのときから少しずつジェラルドに惹かれていたのだ。

ランチに誘われたとき、不用意に頬に触れられてどきどきしたのはなぜだったのか。いまならその理由がよくわかる。

「じゃあもっともっとルイスのことを乱して、めちゃくちゃにしてしまおうか……」

くすりと笑いを含んだ声が、また妖しいまでに色香を帯びて誘ってくる。

この声がルイスは苦手で苦手で、大好きだ。

耳朶が甘く震えたところから毒に侵されていくような感覚に、くらりと惑わされているうちに、唇をまた塞がれていた。

「ん、ぅ……ふ、ぅ……」

重なった唇が一度離れて、角度を変えてまた触れるうちに、キスがどんどん深くなる。

「ンぅ……っはぁ……ジェラル……ド……ンぅ……」

ジェラルドの舌に唇を割って入られ、舌先が舌先に触れるころには、ルイスの手はジェラルドの首に回っていた。抱き合いながら、つかず離れずといった攻防を繰り返すこの時間にいつもルイスは酔わされてしまう。

どうしてだろう。いつもいつもキスから服を脱がされるまでの、このほんのわずかな時間がもどかしくて、一番、濃密に感じてしまうのだ。

ジェラルドが身に纏う上着は軍服めいていて、立て襟はいつもきっちりと閉じられている。暑くなってきたというのに、ジェラルドは普段から肌をまったく見せないから、立て襟の留め金を外す行為にさえ、背徳的な愉悦を覚えていた。

続けて、上着のたくさんついているボタンを外し、前をはだけていくのも、魅力的な行為だ。

たまらなくどきどきする。

服を乱したジェラルドが、不意に銀糸の髪を掻き上げる瞬間の色香に、くらくらと眩暈がしそうだった。

(同じくらい……ジェラルドもどきどきしているのかしら……)

そっと心臓の上のあたりに手を当ててみたけれど、よくわからなかった。ただ、規則正しい鼓動の音だけが聞こえる。

ルイスのそんな行動は悪戯だと思われたようだ。するりと背中に手を回されると、抱きかかえるようにして、コルセットドレスの紐を解かれる。

「きゃあっ、ひゃ……ああ……」

ずっと抑えつけられていた胸がすぅっとゆるみ、思わず悲鳴のような声をあげてしまった。

このところ、暑くなってきたせいでルイスは上着を着ていない。おかげでコルセットをゆるめられると、もうすぐに着ているものを脱がされてしまいそうな危機感に襲われた。

上衣を引き下げられ、双丘をふるんとまろびだされると、胸の先で赤い蕾はすでに硬く起ちあがっている。

「すごい……これはこれはいやらしくてかわいい胸だ。乱しがいがありそうな……」

言葉のとおりに、骨張った手が下乳から持ち上げるようにして乳房を揺さぶる。白い肌にあとがつくくらい指先を食いこませて、ジェラルドの甘い言葉に酔わされていたルイスの体に官能を呼び覚ました。

「いやらしくなんか、ない……ぁあっ、あっ……は、ぁ……んんっ」

ルイスが感じたことを示すような赤い蕾は確かに猥りがましくて、自分の体なのに、見ていると妙な気分にさせられてしまう。たまらずに紅を引いた唇から嬌声が零れた。

「そうやって乱れて泣きそうになってるルイスはいいね。すごくかわいい。なのに、体はいやらしく私を誘っていて、小悪魔みたいだ……んっ」

「小悪魔みたいって……なに、それ……ああんっ」

もったいつけたように伸ばされた赤い舌が、ぬるりと胸の先に伸びて、鋭敏になった括れをちろちろと弄ぶ。

触れるか触れないかの絶妙さで、ざらりと舌を動かされると、胸の先がひどく感じてしまう。

愉悦が気持ち悪くて気持ちいい。背筋がぶるりと震えた。

愉悦の波が体の内側で大きくうねり、自然と悩ましげに腰が揺れてしまう。

「あっ、ンぁあ……やぁんっ、ジェ……ラルド、それ、ぞくぞくするから……ダメ……ッ」

体が官能に呑みこまれてしまうと、肌のどこに触れられても体の芯がずくずくと疼く。特に臍の下あたりを服の上から撫でられるのはダメだ。

絹の滑らかな感触とあいまって、ほんのわずかにするりと擦られるだけで、体がびくびくと跳ねた。「ひゃんっ」と甲高い嬌声が勝手に口から迸《ほとばし》ってしまう。

なのに、舌だけじゃなくジェラルドの指先がもう片方の胸の先に触れて責め立てるから、快楽はどんどん強くなるばかりだ。

(目の前が、ちかちかする……ああ……)

きゅう、と胸の括れを強く抓まれたところで、びくん、と体が大きく跳ねた。

「ひゃ、あ……ンぁあ……ッ！」

一度跳ねただけじゃ愉悦の波は収まらなくて、びくびくと痙攣《けいれん》したように震える。

その波が頂点に達すると、ふぅっと浮遊感に襲われた。心地よい波に意識が持っていかれてしまう。

ルイスが「はふり」としどけない吐息を零して、気怠い気分にたゆたうていると、体をソファの上に押し倒されていた。

狭い隙間を縫ってジェラルドが膝を突くと、ぎしり、とスプリングが軋んだ音を立てる。

その音に、心臓が鼓動を速めるのがわかった。

ジェラルドが真上から手を突いて、覆い被さってくる。

その陰に覆われた顔を見ると、わけもなくどきりとさせられてしまう。

微笑みを浮かべた顔も素敵なのだが、表情がうかがえない冷ややかな顔に見える瞬間、彼の造作が神の御業《みわざ》のごとく整っていることに気づかされるせいだ。

そんな美貌の持ち主がなにをしたかというと、ルイスのスカートをペチコートごとめくり、ズロースの腰紐をするりと解いて、ルイスの下肢の狭間に顔を埋めてしまったのだ。

驚いたのと恥ずかしいのとが同時に襲ってきて、逆に秘部が敏感に反応してしまう。

「ひゃうんっ」

れろり、と舌で淫唇を辿られると、体の芯がきゅうっと収縮して、痛いくらいだ。

愉悦と痛みは紙一重なのだと思い知る。

舌で舐《ねぶ》られたからというだけでなく、秘部の奥から濡れた感触が湧き出して、ひくひくと物欲しそうにひくついていた。

あまりにも鼻にかかった声をあげたのが恥ずかしくて、スカートの端を噛んで堪えようとしたけれど、ダメだ。愉悦はどんどん激しくなって、ジェラルドの責め立ても止まらなくて。

触手のようにやわらかい舌が蠢くと、そんなところに性感帯があったのかと驚くあまり、鮮烈な愉悦が溢れてくる。

「ふぐっ、やぅ……っぁあ、はぁ……ンぁあっ、ぁあん……ふひゃ、あ……ッ！」

舌の動きに合わせて、嬌声があがる。内股の柔肌を撫でられるのも、ぞくぞくと震え上がらされて、「あっ、あっ」と短い嬌声がひっきりなしに漏れるようになると、ルイスはまたしても軽い絶頂へと導かれてしまった。

「ダメだよ、ルイス。君のかわいい啼く声がもっと聞きたい……声を抑えるのは禁止だ」

「ら、らって……」

やんわりとひどいことを言われた気がする。ジェラルドはスカートの端をルイスの口から外して、お仕置きのつもりなのか、ちゅっと胸の上にバードキスを落とした。

軽く触れたあとに吸いあげられて、赤紫の痣をつけられる。ふと顔を上げてルイスの顔をのぞきこんだジェラルドは、いかにも楽しそうにくすりと笑っていた。

「ルイス、そんなに潤んだ瞳で見つめられると、もっと君を虐めたくなるから困る」

「な、なんで!? い、いじめちゃ……いや……」

ふるふると子どもがいやいやをするように首を振る。

ひどいことはされたくない。虐められるのは嫌。それなのに、続きはしてほしい。もっともっと激しくジェラルドに触れられたい。

そんな欲望が心の奥底で渦巻いているから、我ながら矛盾している。

「………だって」

抱きしめて欲しくて、でも自分から口にすることはできなくて、中途半端な言葉を吐いただけで沈黙するのは、甘えていると思う。しかし、真っ赤な顔をして、視線を逸らしていると、ルイスの意図は通じたらしい。

「ルイス……ベッドに行く？」

ジェラルドがまた耳朶がぞわぞわとするような声を出して誘うから、ルイスはジェラルドの首に抱きついた。

「……行く」

少しだけ拗《す》ねた声の響きになってしまった。

多分、秘密がなくなって気持ちが通じたあとだから、いつになくルイスはジェラルドに甘えたい気分だったのだ。

さらに言うなら、こういうときのジェラルドは、ものすごくルイスを甘やかすのがうまい。

抱きあげたままで赤い髪を撫でられると、ものすごく甘やかな気分に浸ってしまう。

ルイスを運んでいく間にルイスのスカートを床に落とし、コルセットの紐をさらにゆるめて剥ぎとったのをぽーんと背後に放り投げる。

まるで、情事の証を部屋中に点々と残していくような仕種だ。

いつものルイスだったら、「あとから片付ける人のことを考えてよ！」と叫んだかもしれないが、今宵のルイスは違った。

なぜだか、ジェラルドの手癖の悪さが自分も楽しくなってしまった。

寝室のベッドに真っ裸になったルイスを下ろしたジェラルドは、自分の上着を椅子の上に投げて、するするとトラウザーズを床に落とした。

こういところが器用だなと思う。自らも生まれたままの姿になった皇帝は、ベッドの端に膝をかけて、ルイスの顎に指を伸ばす。

顔を上向かされて、視線が絡むと、またとびっきり甘い声で囁かれた。

「さて……女王陛下《ユアマジェスティ》？　今宵はどんな趣向がお好みかな？」

視線の隅に初夜のときに抱き合っているところを見せられた鏡が映り、かぁっと耳の裏まで熱くなる。

あのときもジェラルドは、執拗に存在しないエディの父親のことを訊ねたのだ。

（またあんなことをさせられたら、羞恥で死んでしまう……）

ルイスがジェラルドのものなのだと、肌に痕をつけてまで主張したのもそうだ。ジェラルドはジェラルド自身に嫉妬していて、ルイスを自分のものだと見せつけたかったのだろう。

（ううう……鏡の前でされるのは嫌だけど……でも）

「抱き合ったまま……したい……」

あれは嫌いじゃない。ジェラルドの美貌にうっとりとしながら、ときにはキスをして、吐息もすぐそばで感じられて。

（ああ、どうしよう。わたし……ジェラルドとだったら、いくらでも淫らなことがしたいのかもしれない……）

いつから自分はそんなふうにいやらしい子になってしまったのか。

認めるのは怖いけれど、もう遅い。ルイスはジェラルドのせいで、すっかり淫らな房事に慣らされてしまったのだ。それに、ルイスひとりが恥ずかしいわけじゃないのだから、それも許容しやすい理由でもあった。

「へぇ？　どうしようかな……そんなかわいいことを言われたら、もう今夜はルイスを寝かせられないかもな……」

ジェラルドはルイスの腰を抱き寄せて、鼻の頭にキスをする。

こういう、ほんのちょっとした隙に軽いキスをされるのがルイスは好きだ。首に手を回して、もっとと強請《ねだ》ると、今度は唇の上にもバードキスを落としてくれる。

（ああ、もう……）

こうやって、どんどん甘やかされることに慣れてしまう。

ジェラルドにどんどん溺れていってしまう。

（ジェラルドなしでは生きられない体になってしまったんだから、ちゃんと責任をとってもらわなくちゃ……）

ルイスがそんなことを考えたのが通じたのかどうか。抱きかかえるようにベッドの上に上げられ、そのままジェラルドの腰に跨がらされた。

初めてのときは羞恥で死にそうになったけれど、やっぱり顔が見えるほうがいい。

ジェラルドの顔を両手で挟んで、整った顔を堪能しているうちに、淫昏に反り返った屹立《きつりつ》をあてがわれる。

「っぁあ……は、ぁあ……んんっ」

ずずっと肉槍が体のなかに入ってくる感覚は、何回やっても慣れそうにない。

胃の底が持ちあがって、ちょっとだけ苦しい。なのに、下から突きあげられた状態で、ぐり、と亀頭を動かされると、苦しいのと快楽とが同時に襲ってきて、「ひゃうんっ」という、奇妙な声が漏れた。

「気持ちいい？　ルイス……エディがまだ小さいうちに兄弟ができたほうがいいと思わないか？」

もっともっと喘いでごらんと言わんばかりに腰を撫でられ、ぞわっと震えが背筋を走った。

「んっ、ぁあ……はぁっ、子どもなんて……」

エディだけでもう手がいっぱいと思ったけれど、自分も子どものときは兄弟が欲しくて欲しくて、コーリンが羨ましかったことを思いだした。ジェラルドもひとりっ子なのだから同じ気持ちなのだろう。自分が埋められなかった淋しさを、エディには味わわせたくないと思っているのが、ひしひしと伝わってきた。

「異国由来の、子どもができやすい体位の本というのがあるんだが……毎晩ひとつずつ試してみるのはどうかな？」

「ま、毎晩？　ひゃんっ……やっ、ぁあ……動かな、いで……あっ、あっ……んぁあんっ」

こんなことを毎晩続けたら体が持たない。絶対に無理。

そう思ってふるふると首を振ったのに、肉槍を抽送されて、それどころじゃなくなってしまった。ルイスの腰を持ち上げて、体の重さで落としてと繰り返しているうちに、焦れてきたのだろう。

ジェラルドは肉槍を穿ったまま、ルイスの体をベッドの上に押し倒してきた。

「ひぃ、あぁんっ、あ、ぁあ……ふ、ぇ……ッ」

ルイスの膣壁はジェラルドの肉槍をずいぶんがっつりと咥《くわ》えこんでいたらしい。ぐるりと膣内を抉《えぐ》るように回されて、ずくずくと腰の芯が痛いくらい収縮した。

たまらずに甲高い嬌声が唇から零れる。

まなじりから悲しいわけでもないのに、涙が溢れていた。

「ん……ルイスがかわいすぎて、もう我慢の限界だ……」

生え際からそっとルイスの赤い髪を掻き上げて、ジェラルドはまたぞくぞくするほどよい声を降らせる。

筋肉質の体はほんのりと汗ばんで、ジェラルドの息は荒く乱れていた。

髪が額に張りついているさまも、妙に色気があって目の毒だ。体が欲望を掻きたてられているのとは別に、ルイスのなけなしの乙女心のようなものが、きゅんきゅんしてしまう。

「ジェ……ラルド……んぁっ、あぁん……あっ、あっ……ひゃぁんっ、あぁっ、ンあんっ」

膝を抱え上げられ、いつになくぱんぱんに硬くなった肉槍をがつがつと抽送され、喘ぎ声が止まらなくなった。

肉槍が奥を突くたびに、目の前に星が飛ぶ。欠片ほど残っていた理性が掻き消えて、快楽だけがルイスの頭のなかを呑みこんだ。

「っはぁ、あぁ……あぁんっ、ぁあ……ッ！」

ぞわぞわと、背筋に震えが走り、愉悦の波がルイスの爪先から頭の天辺までを駆け抜ける。

「ルイス……ルイス、愛してる……今度こそ、私が君の運命の人になれたと……信じていいかな？」

甘い甘い囁きと体の奥に精を放たれたのとは、どちらが先か、よくわからなかった。

ルイスは背を弓形にしならせて、びくんと体を震わせる。

（ジェラルドがわたしの運命の人……そうね、きっと……）

初めて会ったときから、そんなことは夢のようだと思っていた。なのにいまは、ルイスはジェラルドの腕のなかにいて、恍惚のなかで意識を手放そうとしている。

（これはきっとしあわせな夢の続き……）

目が覚めても覚めない夢――。

ルイスはいつのまにか、そんな夢を手に入れていたのだった。

エピローグ　それはしあわせな家族写真になる

翌朝になって、ジェラルドは皇太后に言われたとおり、エディを庭へと連れだした。

夏の庭は百花繚乱《ひゃっかりょうらん》の眺めで、遅咲きの薔薇や薫り高いジャスミン、水盤の上には睡蓮《すいれん》と、にぎやかにルイスたちを出迎えてくれる。

庭の美しさは初めて訪れたときから変わりないはずなのに、いまになって花の色彩が眩しい。

エディの秘密を打ちあけられて、ようやくルイスは咲いている花に目を向ける余裕ができたようだった。

庭園は一段高いところに回遊路があり、その上からは全体がよく見渡せる。

ジェラルドはエディを腕に抱いたまま、ルイスはパラソルを掲げながら、その回遊路をゆったりと歩いていた。

「エディ、ちょっと顔をよく見せてくれ」

そう言うと、ジェラルドはエディの顔をじっとのぞきこんだ。

ふたりの顔はときどき、はっとするほど似ている。見知らぬ地にふたりで出かけていったとしても、絶対に親子だと思われるに違いなかった。

「パパ……？　なぁに？　はやくローラントをさがしにいこうよ」

ジェラルドが真剣に、しかし自嘲するような笑みを浮かべてエディの瞳の色を確認しているのに、小さなエディは昨日庭で落としてしまったお気に入りのテディベアを探すほうが大事らしい。すぐに明後日のほうを向いてしまうから、ジェラルドは困った顔をしていた。

それでも、皇太后が言ったことは間違いないとわかっていたのだろう。

どこかしら、眩しそうな顔をしてエディの――我が子の横顔をじっと見つめている。

エディが「あっ、あそこ！」と植えこみの陰を指差したとき、ジェラルドはちゅっと小さな頬にキスをした。

「エディ、君は本当に私の子だったんだな……愛してる。大好きだ、エディ」

思いあまった様子で、ジェラルドはぎゅうっと小さな体を抱きしめる。

エディはあいかわらずきょとんとした顔をしたけれど、ルイスがパラソルの陰で微笑んでみせると、エディもにっこりと笑った。

「うん、ぼくもパパがだいすきだよ？」

朗らかに答えるエディは、自分の周りでなにが起きたのか理解していない様子だ。

当然だろう。これまで、さんざん醜聞として、『誰の子か』と騒がれていた間も、エディ自身はジェラルドをパパとして受け入れていたのだ。

――『パパは本当に本当のパパだったのよ？』

などと言い聞かせたところで、きょとんとするだけだろう。

「よし、エディ。ローラントを迎えに行っておいで」

階段を降りたところで、ジェラルドはエディを石畳の上に下ろした。エディはこれはと狙いを定めたほうへと、たたたっ、という軽い足音を立てて駆けだしていく。

一方で取り残されたジェラルドは、軽くなった手をじっと見つめて、深いため息を吐いたのだった。

「なんだか……すごい疲れた。突然、子どもができていたなんて言われて……天と地がひっくり返った気分だ」

うれしそうにしていたくせに、気持ちは複雑だったらしい。

わからないでもないが、今回ばかりは同情する気にはなれない。ルイスだって妊娠が発覚したときは、同じように天と地がひっくり返ったような気分にさせられたからだ。

「ルイスは私の人生に吹き荒れる暴風雨みたいだな。いつもいつも、私のこれまでの平穏を吹き飛ばしてしまう」

エディの次はルイスに目を向けて、ジェラルドは整った顔に当惑した笑みを浮かべている。

その顔がどんなに素敵で、胸がときめいていたとしても、聞き捨てならない。

「ジェラルドだっていつもわたしの人生をめちゃくちゃにしてるし、わたしはいつも困惑させられてるんですけど⁉」

これぱかりは譲れない。

ルイスの人生が激変するほどの困惑は、いつもジェラルドのせいでやってきたのだ。

恋愛しかり、男だと間違われて賭けの種にされていたこともしかり、突然押し倒されたことや、妊娠が発覚したときもそうだ。

もしこれが、婿養子になってくれそうな相手――せめて普通の貴族の次男くらいだったらもう少しなにかが違っていたはずだ。

しかし、相手が皇太子だったからルイスも悩んだ。

結婚なんてできないだろうと思ったたし、当然、婿養子も無理だとわかっていた。

だから、黙って身を引こうと思ったのだ。

そう考えると、もし、ジェラルドが訪れた寺院騎士団の駐屯地がエーヴェルじゃなかったとしたら、ルイスの人生はまったく違ったものになっていただろう。おそらくは、いまごろは婿養子をとって、辺境のバランティン一族とともに平穏に暮らしていたはずだ。

腰に手を当てたルイスが、形ばかり怒ってみせると、ジェラルドは高い鼻梁をつんと上向けて、すました顔をする。

「ルイスの人生を狂わせられたなんて、それはそれは光栄だ」

ジェラルドは少しだけ意地悪そうに、だけどとても魅力的な顔で微笑む。

ふたりして顔を合わせて、まるでにらめっこのような状態になっていると、

「パパーママー、どうしよう。ローラントがびしょびしょになっちゃった！」

悲壮な叫び声が聞こえてきた。

ふたりしてはっと我に返り、エディの元へと近づいていくと、泣きそうな顔のエディを宥めるという、大変な、しかしなんともしあわせな気分になれる仕事にかかる。

芝生の上であぐらをかいたジェラルドの膝に座り、ローラントの頭を撫でるエディは、日を受けてきらきら光る銀髪を父親に撫でられている。

ルイスはふたりの顔を比べて眺めながら、

——ああ、でもやっぱり人生を狂わされてよかったかもしれない。

そんなふうに思って、相好を崩した。

きっとまだまだ困惑させられて、予定なんて吹き飛ばされてしまうにしても、それはとびっきり素敵な日々だろうと思うと、自然に微笑みの形に口元がゆるんでくるのだった。

†　†　†

後日、フィリップ公が捕まったことが公表され、同時にエディがジェラルドの実子だということも明らかにされた。

フィリップ公の裁判はこれからだが、死刑ではなく、永年幽閉の刑となるらしい。皇族が入るという幽閉塔の話を聞かされ、ルイスはひっそりと胸で十字を切った。

エディがなぜ、すぐに皇族の一員とならなかったかという理由は、表向きは、先帝の死に疑いを持ったジェラルドが、子どもの安全のために実子としなかったとされた。しかし、真相を知っているものたちからすると、色々思うところがあるようだ。

「ジェラルドに都合がよすぎる解釈だな……本当は記憶はなかったなんて新聞社に売ったらいい小遣い稼ぎになりそうだ」

「ラドクリフは本当にやりそうだから、やめようか。一応ジェラルドにだって仮にも皇帝陛下としての面子があるんだから」

などと、納得がいかない様子。ラドクリフは事件の裁定が気になるからと、父であるレントン王が帰郷したあとも帝都に残っていた。コーリンもそうだ。

フィリップ公の謀反が、帝国中を揺るがす大事件に発展しただけに、帝都で情報を集めてから帰郷したいらしい。

知己のふたりが宮殿に滞在しているから、フェルディナンドは毎日のように宮殿に顔を出して、ときには彼らの客間に泊まっているようだ。

(ふたりが帰ってしまったら、少し淋しくなるわね……)

言葉にしないまでも、もう少しこのままでいられたらいいのにと、ルイスは願わずにはいられなかった。

特にコーリンとは兄妹同様に育ったのだ。これからはもう、気軽に彼に頼れないのかと思うと、胸にぽっかりと穴が空いたような、言葉にならない虚《むな》しさを感じた。

旅立ちの朝に荷物をまとめて家を出て、もう二度と同じ場所には戻ってこないのだと覚悟を決めたときの気持ちとよく似ている。

決別と淋しさが入り混じった感情が、打ち寄せる波のようにルイスを襲ってきて、心がぐらぐらと揺れてしまうのだった。

そんなルイスの感傷など、コーリンは知る由もないのだろう。

「まぁ、最終的にエディが実子だと認められてよかったな、ルイス」

そんなふうに言って、これで肩の荷が下りたとばかりに、すっきりと微笑んでいる。

しかし、これでまた辺境伯の後継ぎの座は空白になってしまった。

（こういう場合は、次子が辺境伯の爵位と皇位継承第二位とを併せて持つのかしら……）

爵位を複数持つことは珍しくないが、皇位継承者は辺境で暮らせない。実質的に指揮を執る副官を――多分、バランティン一族の誰かを別に指名することになるだろう。

（父に次の子どもの顔も見せに行ってあげなきゃね）

子どもを口実に辺境に帰るのも悪くない。

いまとなっては、そんなふうにも思えてくるのだった。

宮殿の、巨大な円柱が並ぶ回廊を通り抜け、ルイスたちはいま、城門近くに立つ、迎賓館《げいひんかん》へとやってきた。

この建物には会見を開くための広間があり、これからエディとルイスとジェラルドと、家族揃って会見を開くことになっているからだ。初めて宮殿を訪れたときに、勝手に写真を撮られたことを思いだすと、広間に近づくにつれ、緊張してしまう。

「大丈夫だ、ルイス。エディのことはちゃんとうまく認めてもらえるから」

ジェラルドがやけに確信を持った声音で言う。

エディは彼の腕のなかできょろきょろとあちこちに視線を移し、気になることをあれやこれやと質問していた。企みを秘めた笑みを浮かべるジェラルドを見て、ラドクリフが謎は解けたと言わんばかりの得意な声をあげた。

「ははーん、わかったぞ、ジェラルド。ルイスが帝都に来たとき、エディとルイスの写真を撮らせて、『子連れ夫人との結婚⁉』なんて記事を書かせたのは、皇帝陛下の指図だな？」

「あー、なるほど……ジェラルドがやりそうな手だ、それ……」

話を聞いていたフェルディナンドが、よく気づいたなとばかりに、ぽんと手を打つ。

（な、なんですって⁉）

ふたりの推測は本当だろうかと、ルイスは聞きただしたい気持ちをこめて、ぱっとジェラルドの顔を見た。しかし、やらせ記事だったのだろうと指摘された本人はルイスの視線など、ものともしないようだ。涼しい顔をして、エディをあやしている。

「こういう衝撃的な記事というのは、案外、秘密にするより先にあからさまにしてしまったほうが、実は受け入れられやすいのだよ……いわゆる、情報戦略というやつだな」

（なんだか、皇帝陛下の言にしては、聞き捨てならないことを言っているような……）

ルイスは引き攣った笑みを浮かべて、手にしていたパラソルをとじた。

でも、なるほど、とは思う。皇帝自らが手引きしていたのなら、ルイスがエディを連れて宮殿に来たところで、時機を計ったように記者が待ち構えていて、うまく写真が撮れて当然だ。

あきれたらいいのか、さすがと感心すべきなのか。

醜聞に振り回されていたルイスとしては、複雑な気分だ。それでも、ジェラルドがそういう人だとルイスは元から知っていたのだし、いまさらだという気もする。

ジェラルドと一緒にしあわせになると決めたのは、ルイス本人なのだから。

「ルイス、さぁ、家族のお披露目をしよう」

そう言って差しだされたジェラルドの手をとり、衝立《ついたて》の陰に残る友人たちから、「頑張れ」と励まされながら、記者たちの前へと緋毛氈《ひもうせん》の上を歩いていく。

ルイスが覚悟を決めたからだろう、それはなぜか、結婚式をあげたときよりも眩しいバージンロードのように見えた。

「皇帝陛下、その子どもが実子というのは本当なんですね？」

「その子は男の子ですよね？　皇太子になるんですか？」

矢継ぎ早に質問を浴びせかけられ、ルイスはぎゅっとジェラルドの手を握りしめる。

「大丈夫。ルイス、いつものように太陽みたいに笑って」

ジェラルドの声に励まされて、どうにかたどたどしい笑みを浮かべる。ぱしゃっという光と火薬の煙とがいくつも上がり、写真機のスイッチが次から次へと押されていく。

そのときの写真が翌日の新聞の一面トップを飾り、

『スキャンダルから一転⁉　しあわせいっぱいの皇帝一家』

などと、ロイヤルファミリーの話題が帝国を席巻《せっけん》することになる。

ジェラルドはいつものように、令嬢たちがため息を零すような素敵な笑みを浮かべ、ルイスは少しだけぎこちない顔をした写真。

その記録は、永く永く人々の記憶に残る。

（お母さま、お父さま……わたしは帝都《ここ》でジェラルドとエディとしあわせになるわ……）

ルイスは満たされた気持ちで、ジェラルドの腕に身を寄せた。

ジェラルドの腕に抱かれたエディだけは、最後まできょとんとしたまま、天日干ししたテディベアのローラントを片手に握りしめていたのだった。

あとがき

お久しぶりです。あるいは初めまして、藍杜雫《あいもりしずく》です。

乙女系小説としては二十六冊目、蜜猫文庫では五冊目の本になります。思えば遠くへ来たもんだ……たまには人気の設定で書いてみようとシークレットベビーものです。

ラブコメです。シークレットベビーものなのに両片想いラブコメ。どうなの。

と言う内容。あ、そこ、石を投げないように！　ツッコミはやさしくお願いしますｙｏ！

ヒロインのルイスはポジティブシンキングの持ち主で、どちらかというと男勝りな性格と言いますか、活動的な子。皇太子ジェラルドと親しくしていたせいで、色々あって（この辺は本編をご覧ください）ルイスには子どもがいた。

その子ども——エディを守る母親として奮闘しつつ、皇帝となったジェラルドとの甘い新婚生活に翻弄されながら、スキャンダルにも動揺させられて……というお話。

ヒーローのジェラルドは仕事はできるのに、ヒロインに関してだけは、ところどころで残念さを発揮してしまう。

そんな（やや残念な）皇帝ヒーロー。見た目だけは格好いい。（言い方）

母親もなく、父親とも離れて帝都に嫁入りするのは、鉄道も電話もない時代には一大決心だったろうなぁといつも思うのですが、ルイスもそんなふうにして、皇帝ジェラルドの元に嫁いできました。

意外と鉄が自由に作れるくらいの時代が好きなので、電話や鉄道がある設定も好きなのですが、鉄道は帝国中に普及するまでは時間がかかりそう。馬車の次は運河の時代ですね。

あとがきに余裕があるらしいので登場人物紹介でも。

・ルイス……バランティン辺境伯令嬢で女相続人。剣の扱いが得意。
・ジェラルド……皇帝（皇太子）。女性にもてるが女嫌い。寺院騎士団時代のルイスの同僚。
・エディ……ルイスの子ども。黒いテディベアがお気に入り。
・太皇太后（皇太后）……ジェラルドの祖母。女帝などと呼ばれる権力者。
・皇太后（皇后）ケーシー……ジェラルドの母。
・フィリップ公……前皇弟。ジェラルドの叔父。
・コーリン……ルイスの従兄弟。兄妹同然に育っていて仲がいい。
・ラドクリフ……レントン王の第二王子。寺院騎士団時代のルイスの親しい同僚。
・フェルディナンド……公爵家の人間。帝都住まい。寺院騎士団時代のルイスの親しい同僚。
・アネット……ルイスの侍女。バランティン一族の娘。

こうやって書くと、意外と登場人物が多い。

昔の小説ってたまにカバー見返しに登場人物紹介が書いてあって、「誰だっけこの人？」と思うたびに確認してました。そんな感じで。

日本語の難しさで、一応名前を英語読みに寄せているのですが、一部、違う言葉の読みが入っているのは、きっと彼らが生まれたときに外国語の名前が流行ったからなのでしょう。

乙女系小説でこんなに男友だちばかりいるヒロインは、正直言ってレアじゃないでしょうか。（もしかして、これは実は逆ハーレム状態なのでは⁉）

と途中で気づいて、ジェラルドが嫉妬するのも無理ないと思いました。可哀想なヒーロー、いいですよね。大好物です。

寺院騎士団の駐屯地・エーヴェルは、こんなにいいところのお坊ちゃんばかり集まってて、玉の輿狙いの女の子が集まってきそう。

ラドクリフはきっと女の子から「子どもができたから責任とって結婚して！」とか言われるちょっとやんちゃタイプ。フェルディナンドは、ちゃんと婚約者と文通してそう。この二人、どこで仲よくなったのだろう（笑）。

わりと要塞っぽい造りの城が好きなのですが、フランスに行ったときに見た城をモデルにしているので、今回はもうちょっと雅な城です。白亜の城です。

入口からあんなに距離があって敷地が広くて、働く人は大変だなーといつも思います。お城はいいですね。一族の歴史とかも書いてあって。創作欲が湧きます。

担当様。いつも最後のほうで句読点とか変な直しを入れて申し訳ありません……今回も改稿にあたり的確な指示をくださり、ありがとうございました。

素敵なイラストを描いてくださった天路ゆうつづ様。ありがとうございました。キャラクターデザインの美麗なジェラルドに震えました！（実はずっとゆうづつ様だと思ってましたごめんなさい！）

素敵な表紙に仕上げてくださったデザイナー様、いつも本を置いてくださる書店様、扱ってくれる電書ストア様。この本に関わってくださった皆様にお礼申しあげます。いろんな手を経て読者様にお届けできてます。感謝！

最後に読者様、お手にとってくださってありがとうございました。

悲嘆に暮れない（笑）シークレットベビーもの、いかがだったでしょうか。

最近、ネガティブな言葉に対して、変にダメージを受けるようになってきたので、物語のなかくらいはポジティブにしたいなぁと、なるべく明るく楽しい話を目指しました。

気楽に楽しんでいただけたら幸いです。

藍杜雫〔http://aimoriya.com/〕

蜜猫 Mitsuneko Label

蜜猫文庫をお買い上げいただきありがとうございます。
この作品を読んでのご意見・ご感想をお聞かせください。
あて先は下記の通りです。

〒102-0072　東京都千代田区飯田橋 2-7-3
(株)竹書房　蜜猫文庫編集部
藍杜雫先生 / 天路ゆうつづ先生

皇帝陛下のスキャンダル☆ベイビー
逃亡するはずが甘く捕まえられました♡

2020 年 8 月 28 日　初版第 1 刷発行
2020 年 9 月 25 日　初版第 2 刷発行

著　者　藍杜雫　©AIMORI Shizuku 2020

発行者　後藤明信

発行所　株式会社竹書房
〒102-0072 東京都千代田区飯田橋 2-7-3
電話　03 (3264) 1576 (代表)
03 (3234) 6245 (編集部)

デザイン　antenna

印刷所　中央精版印刷株式会社

Printed in JAPAN
ISBN978-4-8019-2379-9　C0193

この作品はフィクションです。実在の人物・団体・事件などには関係ありません。

藍杜 雫
Illustration DUO BRAND.
戦神皇帝の初夜
姫は異教の宴に喘ぐ
声が涸れるまで
喘ぐがいい
異教徒に攫われた過去を持つ王女リヴェラは、幼い頃から不吉だと忌み嫌われ居ない者のように扱われていた。だが大国のアスガルドの皇帝グエンは彼女の前に跪いて求婚し強引に花嫁とする。戦に優れ死神と畏怖されるグエンは意外に快活な性格でリヴェラには優しかった。「もっとかわいい声で啼け。俺の淫らな花嫁」宴の席、各地にある寺院、あるいはサウナの中、あらゆる場所で抱かれ乱れさせられ、悦びを覚えるリヴェラは!?

藍杜 雫
Illustration ウエハラ蜂
聖爵猊下の新妻は離婚しません!
君の体は素直で、
調教のしがいがあるよ
九歳で両親を亡くし、青の聖爵カイルと便宜上の結婚をしたソフィア。十八歳になったら大好きな彼と本当の新婚生活を送るはずがカイルとの離婚の噂が⁉　真相を探るべく侍女として潜入した彼女を、カイルは妻と同じ髪色だと言いながらソフィアだと気付かずに寵愛する。「君があんまりかわいいから手加減してやれそうにない」情熱的に抱かれて悦びを覚えた夜、どこか苦しげな彼に本当のことを告げようとするソフィアだが⁉

藍杜 雫
Illustration ウエハラ蜂
聖爵猊下とできちゃった婚!?
これが夫婦円満の秘訣です！
かわいくて、淫らなキミは、
わたしの世界一の奥さまだ
聖エルモ大学に通うハルカは子どもができたら結婚してもいい、という条件で赤の聖爵アレクシスと付き合い始めた。「もっともっと快楽に乱れた君が見たいな」単なる戯言だと思っていたのにアレクシスは熱心に告解室での子作りを迫ってくる。華やかで奔放な彼の気遣いや面倒見のよい面を知るにつれ離れがたくなってしまう。遂に子どもができ、喜々として結婚の準備を始めるアレクシスに隠していた自分の事情を言えないハルカは!?

君がどれだけ淫らな女か
少しずつ暴いて見せようか

実家の借金のため娼館に売られたエレンは、貴族の娘を求める謎の男に花嫁として買われることになる。男は仮面で顔を隠していたが浅黒い肌や声がエレンの学友でインドの藩王の血を引く公爵、ラグナートを思わせた。とまどうエレンに男は冷たい態度で彼女が処女であるかどうか検分する。「いい啼き声だ。調教されたんじゃないのか？」穏やかだったラグナートにこんな一面があったのかそれとも別人かと思い惑うエレンだったが!?

私は君を愛する運命と定められていたんだ

「お嫁さんにしてもらおうと、参上しました」幼い頃の約束を頼りに公爵ヘルムートを訪れたフロレンティーナ。約束は幼い少女を励ますための方便だったと彼女を追い返したヘルムートだが、皇帝に結婚するよう迫られていたと思い直し、一転して彼女を娶ることにする。「可愛い素直な身体だ。とてもいいね」何事にもひたむきなフロレンティーナに次第に惹かれ、溺愛するヘルムート。だが彼の出世を妬む者が卑劣な罠をしかけて!?